― 書き下ろし長編官能小説 ―

ゆうわく浴衣美女

河里一伸

竹書房ラブロマン文庫

目次

この作品は、竹書房ラブロマン文庫のために
書き下ろされたものです。

プロローグ

「ふぅ、やれやれ。ちょっと遅くなったけど、やっと着いた……」

柳浦幹久《やぎうらみきひさ》は額の汗を拭《ぬぐ》いながら、「美海亭《びかいてい》」と書かれた木製の立て看板に目をやって、思わず独りごちていた。

十六時を過ぎ、日はそこそこ傾いている。しかし、まだ三十度を超す気温の中を荷物を持って駅から歩いてきたため、ポロシャツにシミができるくらい汗をかいていた。

昭和元年創業の温泉旅館「美海亭」は、海に面したS県の半島東側にあるK町のなだらかな山の中腹に建っている。目の前の看板で道を曲がるとすぐに庭と駐車場、その先に純和風の二階建ての建物がある。十部屋と旅館としては小さめだが、すべての客室から小さな日本庭園を挟んで海を望めて、風光明媚《ふうこうめいび》な景色に心を奪われる人も多いという。

ただし、電話以外での予約は原則として受け付けておらず、旅行系サイトへの掲載も拒んでいて、まさに知る人ぞ知る隠れ家的な旅館と言える。

「中学・高校と、休み期間中はテニス部の練習があったし、去年はずっとバイトだったから、ここに来るのも八年ぶりくらいか。結局、帆奈美《ほなみ》ちゃんとは電話で話せなかったし……なんか、さすがにちょっと緊張してきたぞ」

ついつい、そんな独り言が口を衝《つ》いて出る。

温泉旅館「美海亭」の現オーナーの阿久津満夫《あくつみつお》は、父方の祖父の妹が結婚して産んだ子で、幹久の従叔父《じゅうおじ》に当たる。そして、満夫と妻の優子《ゆうこ》の一人娘で一歳下の阿久津帆奈美は、幹久にとって又従妹《またいとこ》になる。

亡き祖父と妹の仲がとてもよかったこともあり、彼らが健在だった頃は柳浦家と阿久津家には一族ぐるみでの付き合いがあった。幹久も祖父の生前は、家族で年に一〜二回ほど「美海亭」に訪れていたものである。

もっとも、今回ここに一人で来たのは、観光や温泉を楽しむためではない。

幹久は、どうにか気持ちを落ち着けてから旅館の玄関に向かい、引き戸を開けた。

すると、引き戸の鈴がチリンチリンと軽やかに鳴り、板張りの床と階段が目に入った。それだけならば、少し大きな和風民家のようだが、すぐ横のフロントカウンターの存在が、ここが宿であると証明している。

幹久が引き戸を開けるなり、フロント内にいた着物姿の中年の女性がこちらを見た。

「いらっしゃいま……あら、もしかして幹久くん？　電話では話していたけど、久しぶり。大きくなったわねぇ」

「優子おばさん、お久しぶりです。到着が遅くなって、すみません」

「いいのよ。電車が遅れたんだから、仕方がないわよ」

幹久の謝罪に、阿久津優子がにこやかな笑みを浮かべて応じる。

本来ならば、幹久は十四時頃には宿に来る予定だった。しかし、人身事故と車両点検で電車が二度にわたって止まり、大幅に遅れてしまったのである。

もちろん、不可抗力でどうしようもなかったのだが、仕事中に着く羽目になったことには、いささか申し訳なさを感じずにはいられない。

「それじゃあ、今日からよろしくお願いします」

「こちらこそ。主人が入院して男手《おとこで》が足りないから、期待させてもらうわね」

再び頭を下げた幹久に対し、優子が笑みを浮かべたまま言う。

東北のF県に住んでいた幹久は、大学に入学するまで何不自由なく生活していた。

そして、東京の大学に進学し、アパートで一人暮らしを始めたのである。

だが、幹久が大学に入って間もなく、父親の勤務先が急に倒産した。父は、すぐに新しい仕事を見つけたものの、給料はそれまでよりも大幅に減ったのである。

幸い、学資保険のおかげで退学は免《まぬが》れたが、仕送りは家賃の全額も賄《まかな》えない程度しかもらえなくなってしまった。いや、少しでももらえるだけマシ、と言うべきか。

結局、幹久は入会したばかりのテニスサークルを辞め、アパートの最寄り駅近くにある個人経営の食堂でアルバイトを始めた。そうして、大学二年生となった今年の六月まで、授業以外の時間はひたすら働き続けたのである。

ところが、その食堂が店主の都合で六月末に閉店してしまった。

賄い料理で食費が浮き、店主の人当たりもよく、給料もそれなりにもらえるという、苦学生にとってはありがたい仕事先を失って、幹久は途方に暮れるしかなかった。

それでも、気を取り直して新しいアルバイト先を探そうとした矢先、実家の母から「優子さんから、夏休み中に『美海亭』でアルバイトをする気はないか、と訊《き》かれた」と電話が来たのである。

なんでも、満夫が椎間板《ついかんばん》ヘルニアの手術で、遠方の病院にしばらく入院することになったため、大学が夏休みになる幹久に手伝ってもらえないか、と考えて連絡してきたらしい。

温泉旅館「美海亭」には、小さいながら従業員用の寮もあり、親族のよしみで家賃は無料、食事も三食すべて付けるという。時給は都内よりやや安いが、現地滞在中の費用が実質ゼロで給料を丸々もらえるというのは、アパートの家賃などの固定費を不在中も払うことを差し引いても、充分に魅力的な話だ。

もちろん、食堂が営業を続けていたら断っていただろう。しかし、ちょうど新しいアルバイトを探し出したところだっただけに、これはまさに渡りに船と言える。

幹久は即座に了承し、大学が夏休みに入ってすぐの今日、こうして久しぶりに「美海亭」へと来たのだった。いきなり、電車の遅延というトラブルに巻き込まれて、出鼻をくじかれた感はあるのだが。

「えっと、それじゃあ今のうちに、僕の荷物を……」

と幹久が口を開いたとき、廊下の向こう側からパタパタと小走りに近づいてくる足音が聞こえてきた。

そして、上が薄めの臙脂《えんじ》色、下が濃いめの臙脂色という二部式着物姿の、優子を若くしたような女性が姿を見せる。

「お母さん、幹久くんが……あっ、幹久くん！　久しぶり」

彼女から笑顔でそう声をかけられて、幹久は心臓が大きく飛び跳ねた。

「こら、帆奈美。今は仕事中ですよ。それに、従業員が廊下を走るなんて」

「あっ。ごめんなさい、女将《おかみ》さん。気をつけます」

母親からキツめの口調で注意を受けて、帆奈美がそう言ってうなだれる。

又従妹が旅館で働いている、と電話で優子と話したときに聞いていたが、どうやら「仕事中は親子ではなく女将と従業員」のスタンスを徹底させているらしい。

なお、「美海亭」のオーナーはスーツに法被《はっぴ》、女将と若女将は着物、男性従業員は作務衣《さむえ》、女性従業員は二部式着物を着用する決まりだそうだ。つまり、今の帆奈美は「若女将」ではなく、「従業員」扱いということになる。

もっとも、高校時代から仕事を手伝っているとはいえ、今年の春に高校を卒業したばかりなのだから未熟なのは当然だ。数年は、平《ひら》の従業員として修行を積むのだろう。

「帆奈美ちゃん、久しぶり。元気そうだね？」

「うん。病気もしないで、頑張ってるよ」

幹久が声をかけると、うなだれていた又従妹が一転して笑みを浮かべて答えた。

(帆奈美ちゃん、思っていた以上に綺麗になって……それに、こんな笑顔を見せるのも意外かも)

彼女とこうして顔を合わせたのは、六年前に亡くなった祖父の葬儀のとき以来である。当時から美少女だったが、中学一年生だったのでまだ幼さが先に立っていた。しかし、今は幼さをやや残しながらも、「女性」としての魅力が充分に備わったように見える。

また、あの頃の彼女は引っ込み思案気味で、幼少から知っている幹久たちとは明るく話せたものの、見ず知らずの他人を前にすると人の背に隠れていた。正直、あの性格では優子の跡を継いで女将を務めるのは難しいのではないか、と大人たちが話しているのを、幹久も聞いたことがある。

ところが、今の又従妹は愛らしい笑顔を見せており、随分と明るくなったようだ。これなら、旅館の跡取りとしての役目を、立派に果たせるのではないだろうか？

（それにしても、「幹久くん」か。昔は「みき兄ちゃん」だったんだけど……やっぱり、しばらく会ってなかったし、「兄ちゃん」は変だと思ったのかな？）

幹久がそんなことを考えていると、帆奈美と同じ二部式着物姿でやや脱色した茶髪をアップにした美女が、階段を下りてきた。

「あら？　幹久くん、久しぶり。すっかり大きくなったわねぇ。わたしのこと、覚えている？」

「あっ……どうも、お久しぶりです。もちろん、覚えていますよ、浜田《はまだ》さん」

「ああ。あたし、五年前に結婚して、今は姓が『根上《ねがみ》』なの。まぁ、旦那は三年前に事故で死んじゃったんだけど」

慌てて頭を下げた幹久に、さばけた口調であっけらかんと応じたのは、旧姓・浜田こと根上伊織《いおり》である。

伊織は、幹久たちが「美海亭」に最後に宿泊した時期に入ってきた仲居《なかい》で、当時は滞在中に色々と世話を焼いてもらったものだ。

あの頃の彼女は、まだ新人だったこともあって、二部式着物の制服姿にもなんとも初々《ういうい》しさが感じられた。だが、さすがに八年近く経った今は、制服がすっかり馴染んでおり、明るい雰囲気はそのままに客に安心感を与えるような落ち着きが、言動から漂《ただよ》ってくる気がした。

しかし、まさか彼女が知らない間に結婚し、しかもたった二年で未亡人になっていたとは、まったく想像もしていなかったことである。

「えっと、なんかすみません。ちっとも知らなかったもんで」

「別に、気にしてないからいいわよ。あたし、落ち込んでいても旦那が生き返るわけじゃないから前向きに生きよう、って決めたの。あたしがいつまでもウジウジしていたら、死んだ旦那もあの世で悲しむだろうし」

と、伊織が肩をすくめて言う。

このポジティブな言動が、彼女の魅力と言えるかもしれない。

「えっと、じゃあ根上さんで？」

「あ〜……どうせなら、『伊織』って名のほうで呼んでちょうだい。女将さんや他の人たちにも、そう呼んでもらっているから」

「わ、分かりました。えっと……い、伊織さん」

若干の戸惑いを抱きながら、幹久はそう応じていた。

年下の帆奈美ならともかく、年上の女性を名で呼ぶことに若干の気恥ずかしさはある。だが、相手が望んでいるのに拒否するのは、むしろ失礼というものだろう。

「さて、それじゃあ幹久くんを寮に……」

挨拶が一段落して、優子がそう口を開いたとき、

「なんだか、随分と賑やかですねぇ？」

と、廊下の奥からおっとりした女性の声が聞こえてきた。

そちらに目を向けた幹久は、思わず息を呑《の》んで目を大きく見開いていた。

廊下の向こう側からこちらに歩いてきたのは、白地に濃紺の柄《がら》が入った旅館の浴衣《ゆかた》を着て、タオルなどを入れた竹籠を手にした女性である。

年の頃は、伊織と大差ないくらいだろうか？　髪はショートボブで、目が少し垂《た》れ

気味の、なんともお淑《しと》やかそうな、しかしどこか翳《かげ》がある美貌の持ち主だ。

温泉旅館「美海亭」の一階の奥には、男女別の露店風呂付き大浴場がある。もっとも、「大浴場」といっても大人が五人も一度に入れば手狭になる大きさなのだが。

やや上気した妖艶《ようえん》な顔や、姿を現した方向から考えて、彼女が風呂上がりなのは間違いあるまい。また、階段が玄関側なので、二階に泊まっているならこちらに来るのも当然と言える。

しかし、単に「美貌」というだけなら帆奈美と伊織も負けていない。幹久が目を奪われたのは、美女の胸元だった。

彼女のふくらみは、浴衣越しにもはっきり分かるくらい大きく、そのせいで衿《えり》が乱れて今にもはだけそうになっていたのである。おそらく、大浴場でひとっ風呂浴びてすぐ部屋に戻るつもりだったため、しっかり着付けなかったのだろう。

女性が浴衣などの和装を着こなすコツは、バストとウエストの差をなるべくなくすことだ、と幹久も聞いたことがあった。その意味が、美女の姿を見るとよく分かる。

「もうっ！　幹久くん、お客様のことをエッチな目でジロジロ見たらダメでしょ!?」

帆奈美の苛立《いらだ》った声で、幹久はようやく我に返った。

「べ、別にエッチな目でなんて……」

「ふんっ、どうだか」

こちらの言い訳を遮《さえぎ》るように、又従妹がそう言ってそっぽを向く。

（あわわ……帆奈美ちゃん、怒っちゃったかな？）

幹久は彼女にかける言葉もなく、狼狽《うろた》えるしかなかった。

何しろ、帆奈美は幹久にとって初恋の相手なのである。とはいえ、最後に会ったときが祖父の葬儀の場で、さすがに携帯電話の番号やＳＮＳのアカウントなどを訊くのは気が引けた。そのため、「次の機会に」と思っていたのだが、結局、今日まで会う機会がなかったのだ。

もっとも、チャンスがあったとしても、自分がはたして初恋の女性に「個人的な連絡先を教えて」と訊けたのか、それができたとしても親しくやり取りをして絆《きずな》を深められたのかは、我ながら疑問なのだが。

ただ、今回「美海亭」での仕事を引き受けた理由の一つに、又従妹と再会できるというのがあったのも、否定できない事実である。それだけに、彼女に嫌われることだけはなんとしても避けたいところだ。

「あらあら。えっと、キミはお客さんじゃない……のかしらぁ？」

と、爆乳美女が困惑したような表情で首を傾《かし》げる。

「あっ。今日からバイトで働くことになっている、柳浦幹久です。ここのオーナーとは、親戚関係で」

「ああ、なるほどぉ。わたしは、今日からしばらく二〇一に宿泊する庄野静佳《しょうのしずか》よぉ。よろしくねぇ」

我に返った幹久の挨拶に、静佳が口元に穏やかそうな笑みを浮かべながら、ややおっとりした口調で応じる。

どうやら、彼女はチェックインして早々にひとつ風呂浴びていたらしい。

(しばらくってことは、何泊かするんだよな？　まさか、こんなにオッパイの大きな美人が、お客さんにいるなんて……)

ついそんなことを思った幹久は、帆奈美と伊織の存在も意識しながら、今年の夏が特別なものになる予感を抱かずにはいられなかった。

第一章　着崩れ爆乳熟女の筆おろし

1

「幹久くん、二〇一の食器の片付け、よろしくね」

女将の優子の指示を受けて、男性従業員の制服である作務衣を着用した幹久は、「はい」と応じて、トレーを持って二階の二〇一号室へと向かった。

温泉旅館「美海亭」には、いわゆる大部屋がなく、夕食も朝食も部屋食である。食事の配膳は、優子と帆奈美と伊織がしているが、客が食べ終えた食器などの片付けや客室の布団敷きといった作業には、幹久も参加していた。

(だけど、二〇一……静佳さんの部屋なんだよなぁ)

そう思うと、さすがに緊張を拭えない。

幹久が「美海亭」で働き始めて、今日で三日目。旅館での仕事は初めてなので、まだ覚えきれていないことや、上手にできないことも多い。それでも、一年ほど食堂で働いていた経験もあって、基本的な作法と漆塗《うるしぬ》りの食器の取り扱いなどを覚えてしまえば、片付けくらいは問題なくできる。

幹久が、静佳の部屋に行くのに緊張するのは、そうしたこととはまったく別の問題だった。

「失礼します。食器の片付けに参りました」

と、幹久が客室の引き戸を開けると、座椅子でくつろぎながら一人テレビを見ていた、旅館の浴衣姿の静佳がこちらを見た。

座卓には、食べ終えて空《から》になった器や皿、それに日本酒の小瓶とガラスのおちょこが置かれている。

相変わらずというか、和装ブラなどでふくらみを抑《おさ》え込んでいないため、爆乳美女の浴衣はやや崩れ気味だった。しかし、それがなんとも言えないエロティシズムを醸《かも》し出している気がしてならない。しかも、日本酒を飲んだからなのか、今は頬《ほほ》がほのかに上気していて、普段よりも色気が増して見える。

「あらぁ、幹久くんが片付けてくれるのぉ？　ありがとう」

「あ、はい。し、失礼します」

と、幹久はどうにか平静を装《よそお》いながらスリッパを脱いで部屋に上がった。

旅館の部屋とはいえ、女性が一人で宿泊しているところに足を踏み入れるのは、まだ緊張せずにはいられない。

話を聞いて驚いたのは、静佳が八月末まで一ヶ月半ほど連泊する、ということだった。優子によると、一人の客がそれほど連続で宿泊するというのは、「美海亭」の百年近い歴史でも記録にある限り最長らしい。

というのも、「美海亭」に限らずこの時期はどこの宿も繁忙期で、予約が取りにくいのである。

なんでも、静佳が予約の電話をしてきたとき、たまたまキャンセルが重なったりして、一人客も宿泊可能な八畳間に空きがあったため、長期の連泊を受け入れたらしい。彼女からの電話が一日、いや数時間ズレていたら断っていた、とは女将の弁である。

ちなみに、爆乳美女がそれだけ泊まるのは、夫の浮気が原因で六月に離婚したからだという話だった。

聞いた話では、夫が慰謝料を払ってマンションを出て行く形で、離婚自体は特にトラブルなく成立したという。ただ、別れた相手と暮らしていた部屋にいると、まだどうしても精神が不安定になるため、しばらく別の場所で静養しようと考えたそうだ。

その際に「美海亭」を選んだのは、独身時代に友人と来たことがあり、雰囲気が気に入って記憶に残っていたかららしい。

そうして、長く宿泊するからか、あるいは離婚したばかりだからか、静佳は「名前で呼んで欲しい」と希望してきた。そのため、幹久たちは「静佳さん」と呼ぶことにした。同時に、彼女のほうも幹久たちのことを名前で呼ぶようになったのである。

しかし、彼女の表情にいつもどこか寂《さび》しげな翳がある理由は、事情を知ると納得がいく。もっとも、異性との交際経験すらない幹久は、離婚して間もない女性とどう接していいか分からず、戸惑いつつも平静を装うしかなかったのだが。

その静佳は、幹久が座卓に近づくのをジッと見ていた。

「な、なんですか、静佳さん？」

「幹久くんと、ちょーっとお話がしたいんだけどぉ……難しいかしらぁ？」

と言いながら、彼女が身体をわずかにこちらに向ける。

すると、浴衣の裾がはだけて、片方の生足が太股まで露《あら》わになった。あと少し、静佳が足を開けば、下着まで見えてしまいそうだ。

はたして、これは酔った彼女が無意識にしていることなのか、それともわざとやっていることなのか？

「えっと、今は仕事中だから……その、すぐに係が布団を敷きに来ますので」

「あらぁ、幹久くんがしてくれないのぉ？」

「俺……僕は、片付けをしているので……」

幹久は、どうにか下を見ないようにして会話をしつつ、空になった食器をトレーに積み重ねた。そうして、「失礼します」と一礼して、そそくさと部屋を出る。

（ふう。やっぱり、女性一人の部屋に入るのは緊張するよ。それに、静佳さんは無防備っていうか……あれって、俺を誘っている？　よく分からないなぁ）

せめて、異性との交際経験があれば、いやそうでなくとも風俗などで女性経験を少しでもしていれば、爆乳バツイチ美女の思惑を察することもできたのかもしれない。

しかし、幹久は交際どころか風俗経験もない真性童貞だった。

決して顔が悪いわけではなく、身長も百七十三センチあって体格には一応恵まれている。それに、実力的には大したことがなかったとはいえ、六年間テニス部で真面目に鍛えていたので、筋肉質な体つきをしている。そのため、実は中学時代や高校時代に女子から告白されたことは何度かあった。

だが、幹久は生来の生真面目《きまじめ》さ故、帆奈美に心惹《ひ》かれたまま他の相手と付き合うのをよしとせず、告白をすべて断っていた。もちろん、こちらからした経験もない。

また、大学に入ってからは授業とアルバイト漬けの日々で、男友達と遊びに行くことすら滅多になかった。そのような状況なので、同期の女子とも必要最低限しか会話しておらず、当然、交際に至るほどの付き合いもない。

つまり、少なくとも性を意識するようになってから今日まで、幹久には学校行事などの中で手を繋《つな》ぐ以外に、異性とのまともな接触経験がなかったのだ。

とはいえ、女性に興味がなかったわけではなく、友人からもらったエロ漫画やインターネットで見つけたアダルト動画などをオカズに、しばしば孤独な指戯《しぎ》に耽《ふけ》っていた。それだけに、画面越しではなく生で目にした女性の艶姿《あですがた》には、どうしても心のざわめきを覚えずにはいられない。

(それに、浴衣姿がやけに色っぽく見えて、そそられるんだよなぁ)

子供の頃は、女性が洋服とは違う雰囲気になることに、非日常感を覚えてドキドキしていたが、性に目覚めてからは浴衣の奥のことをつい妄想するようになっていた。

中学生以降は、部活もあって旅行に行く機会そのものがなくなった。そのせいか、女性の浴衣姿への憧憬《しょうけい》がいっそう強まった気がする。

だからだろう、幹久はアダルト動画でも浴衣の女性が出てくる作品を好んで見るなど、すっかり浴衣フェチになってしまったのだ。

もちろん、近所の祭りなどで浴衣を着た女性を目にすることはあったが、さすがにジロジロと眺めるわけにいかない。それに、本格的な浴衣にもよさはあるものの、どちらかと言えば帯を一本ほどけば肌が露わになる旅館の浴衣のほうが魅力的に思える。そういう意味では、今は天国と言ってもいいかもしれない。

（って、仕事、仕事）

幹久は、そんなことを思いながら、トレーを持ったまま階段に向かって歩きだすのだった。

2

その日の十四時過ぎ、真夏の陽射しが照りつける中、Tシャツにジーンズ姿の幹久は、宿から徒歩十分ほどの川沿いの遊歩道を、胸の高鳴りを感じながら歩いていた。

何しろすぐ隣を歩いているのは、クリーム色の布地に赤色やピンク色のバラが散りばめられた浴衣を着て、黒地に白い花柄の日傘をさした静佳なのである。

彼女の旅館の浴衣姿は、さすがにそろそろ見慣れていたが、色やデザインが違うだけで雰囲気はガラリと変わる。それに、今は胸も目立たなくするなど浴衣をしっかりと着付けていた。その姿が、なんとも新鮮に見えてならない。

温泉旅館「美海亭」では、宿泊客に対して浴衣の無料レンタルと着付けのサービスをしていた。

女性用のレンタル浴衣は、静佳が着ているデザインはもちろん、さまざまな色やデザインのものが二十種類ほどあり、客にもなかなか好評らしい。

今、二人が歩いている場所は、二月から三月にかけて早咲きの桜が咲く並木道になり、桜祭りが開かれる頃は大勢の人で賑わう。もちろん、その季節は淡いピンクの花で華《はな》やかだ。しかし、生い茂った緑の葉の間から木漏れ日が差す今の時期も、川沿いということも手伝って遊歩道の暑さが和《やわ》らげられ、なんとも言えない心地よさが感じられる。

加えて、浴衣姿の美女と肩を並べて歩いているため、幹久にはさらに特別な場所に思えてならなかった。

(まさか、休憩時間中に静佳さんと出かけることになるなんて……ただの散策って話だったけど、これって傍《はた》からはデートしているように見えているんじゃないか?)

今さらのように、そんな思いが脳裏をよぎる。

幹久は今日、諸々《もろもろ》の都合が重なり、「美海亭」で働きだして初めて、昼食後から三時間連続の休憩をもらった。

だが、何しろ暑い昼間である。海が近いとはいえ、一人で海水浴に行く気にはならず、かといって東京のように近所に暇を潰せるような適当な店があるわけでもない。

そのため、幹久は従業員寮の自室で一眠りしようか、と考えていた。

そんな寮に、レンタル浴衣に着替えた静佳が、散策の誘いに来たのである。

最初は断ろうかと思ったが、いつもの旅館の浴衣とは違う彼女の雰囲気と、意外なくらいの強引さに引っ張られる形で、幹久は一緒の外出に応じてしまったのだった。

しかし、そのときは「静佳さんと出かける」ということにだけ気を取られていたが、妙齢の女性と二人で出かけるのは幹久にとって初めての経験である。

もちろん、どこへ寄るわけでもなく、単に並木道を異性と歩くことを「デート」と呼んでいいのかは、いささか微妙なところかもしれない。

だが、幹久には今までデートの経験など一度もなかった。それだけに、こうしているだけでも緊張を覚えずにはいられない。

ましてや、静佳はカラフルな浴衣姿なのである。

唯一、ボブカットなため、長い髪をアップにしたときに見えるうなじの色気がないのが残念だった。とはいえ、今の彼女にそれが備わったら破壊力がありすぎて、とても平静を装えなかったかもしれないので、むしろよかったと言うべきか？

そんなことを思いつつ、幹久が額の汗を拭うと、不意に静佳が肩を寄せてきた。そして、こちらの腕に自分の腕を絡《から》めて胸を押しつけるようにしつつ、反対の手に持った日傘を掲げて日陰を作る。

「へっ？　し、静佳さん？」

「こうしたらぁ、幹久くんも日陰になるでしょう？　少しは、涼しくなったんじゃないかしらぁ？」

困惑する幹久に対して、静佳が穏やかな笑みを浮かべながら応じた。

（た、確かに日傘のおかげで、ちょっと涼しくなったけど……う、腕にオッパイの感触が……）

陽射しが遮られたことに安堵しつつも、幹久は動揺を覚えずにはいられなかった。

もちろん、浴衣をしっかり着付けているため、バストのボリュームはかなり抑えられている。それでも、もともとが爆乳なので、こうして腕を組まれると柔らかな感触が伝わってくるのだ。加えて、彼女の体温も感じられる。

そもそも、幹久は思春期以降、学校行事で女子と手を繋ぐことにすら緊張を覚えていたので、当然の如く腕を組まれた経験など皆無だった。

それだけに、こうされていると胸がいっそう高鳴って、自然と頭に血が上ってくる。いや、頭だけでなく股間にも血液が集まり、ズボンの奥で一物《いちもつ》の体積が増してしまう。

(や、ヤバイ。ズボンにテントが……それに、歩きにくくなっちゃうぞ)

Ｔシャツの裾を外に出しているおかげで、股間のふくらみは第三者には分かりづらいはずだ。しかし、当の本人にとってはさすがに気になる。

とはいえ、「勃起しちゃうから離れて」とは口にしづらい。というか、初めてのこの感触がなくなると思うと、腕をほどくこと自体が惜しく思えてならなかった。

(まさか、静佳さんがこんな大胆なことをしてくるなんて……)

とは思ったものの、彼女は別れたとはいえ結婚を経験している。したがって、年下の男に腕を絡めて密着するなど、子供の手を握るのと大差ない感覚なのかもしれない。

(だけど、こっちはそうもいかなくて……ど、どうしよう？)

真面目な幹久は、妙齢の男女が腕を組んで歩くのは恋人関係になってから、と思っていた。そんな行為を平然とされては、困惑するのも当然といえるだろう。

それに、こうして腕を組んでいたら、傍からはまさにカップルがデートを楽しんでいるように見えるのではないか？　こちらに知り合いはいないし、帆奈美も仕事中なので目撃される心配はないが、万が一にもこのことを知られたら……。

初めての感触とそのような危惧《きぐ》から、すっかりパニック状態になった幹久は、その後、自分がどこを歩き、静佳と何を話したかもうろ覚えになっていた。

そして、ふくらみの柔らかな感触と身体のぬくもりが腕から消えて、ようやく「美海亭」の寮の前まで戻ってきていたことに気付く。

(あれ？　いつの間に……なんか、時間泥棒に遭《あ》ったような気分だぞ)

そんなことを考えつつも、幹久はなんとも言えない無念さを覚えていた。

何しろ、途中から記憶が曖昧《あいまい》で、バストの柔らかさなどを脳に充分刻みつけきれていなかったのである。その感触がなくなると、どうせならもっとしっかり堪能しておけばよかった、という後悔の念を抱かずにはいられない。

ただ、股間のふくらみは未だに失われていなかった。これは、仕事までの残った時間で一発抜かないと、元に戻らないのではないだろうか？

幸いと言うべきか、記憶自体はうろ覚えながらも、腕には女体の柔らかさやぬくもりの感触がかろうじて残っている。これを頼りにしただけでも、アダルト動画やエロ漫画をオカズにするより簡単にイケそうな気がする。

「えっと……じゃ、じゃあ、僕はこれで……」

「幹久くん、休憩時間はまだ一時間半くらい残っているわよねぇ？　わたしも、寮に上がらせてもらおうかしらぁ？」

自慰を考えた幹久が、寮の鍵を開けてそそくさと中に入ろうとしたとき、静佳がそう声をかけてきた。

「えっ？　いや、それは……」

「本当はぁ、お客が入ったら駄目なんだろうけどぉ、固いことを言わないでぇ。ねっ？」

と、困惑する幹久を尻目に、彼女が玄関に入り込む。そして、引き戸の鍵をかけて草履《ぞうり》を脱ぎ、リビングに上がった。

「へえ、ここが従業員寮なのねぇ？　ああ、エアコンが効いているから涼しいわぁ。そっちが従業員の部屋？　なんだか、寮って言うよりシェアハウスみたいねぇ？」

と、室内を見回しながら爆乳美女がそんなことを口にする。

彼女の感想のとおり、「美海亭」の従業員寮は平屋建てで六畳間が三部屋に、ソファセットとテレビが置かれたリビングルームと冷蔵庫があるミニキッチン、それに共用の風呂とトイレという、シェアハウスのような構造になっている。

温泉旅館「美海亭」は、三十年ほど前に火事で全面的に建て替えたのだが、その頃は出稼ぎの従業員や料理人がいたので、彼らのためにこの寮を作ったらしい。しかし、今は伊織も料理長や料理人も徒歩で通勤できる圏内に住んでいる。一応、普段より朝が早いときに利用することはあるらしいが、それは滅多にあることではない。

また、阿久津家の家も旅館の敷地のすぐ隣なので、ここを使用する必要がなかった。そのため、今はここをちょっとした休憩所にしているらしい。ただし、幹久が寮に入っている間はその用途で使わないそうなので、誰かが勝手に来ることはない。だからこそ、幹久はここで、一眠りしようと思っていたのだ。

「あ、あの、静佳さん？　いったい、何を……？」

彼女の考えがまったく読めず、幹久はそう問いかけていた。

旅館の客室にもエアコンがあるのだから、涼むだけであれば自分の部屋に戻ればいいだけである。わざわざ寮に上がり込んだ意図が、まるで理解できない。

すると、静佳が妖しい笑みを浮かべながら近づいてきた。そして、正面から身体を密着させてくる。

（うわっ。ち、近い……これは、汗の匂い？　それとも、女の人自体の匂いか？）

鼻腔から、甘さと青臭さが混じった芳香が流れ込んできて、幹久は心臓が大きく高鳴るのを抑えられずにいた。

それに、先ほどは腕でのみだった女体のぬくもりが、今度は身体の正面から感じられる。しかも、静佳と幹久は身長差が八センチほどしかない。そのため、こうして真正面からくっつかれると、顔がすぐ近くに来るのだ。

距離感に動揺していると、不意に股間をまさぐられて、幹久は「はうっ」と声をあげていた。当然、それは静佳の手である。

「幹久くんのオチ×チン、やっぱり大きくなってるぅ……わたしで、興奮してくれていたのねぇ？」

と、囁くように爆乳美女が言う。

「あの、そ、それは……えっと、すみません」

「謝らなくていいのよぉ。わたしのことを、『女』として意識してくれている証拠なんだから、むしろ嬉しいわぁ」

静佳のその言葉に、幹久はどう応じていいか分からず沈黙するしかなかった。

もちろん、女性慣れしていないために気の利いた言葉が出てこない、というのが大きな理由としてある。しかし、むしろ今は予想外の言動への戸惑いで言葉が思い浮かばない、というのが大きかった。

「ねえ？　ここ、とっても苦しそうだしぃ、わたしとエッチしましょうかぁ？」

幹久の股間を撫で回しながら、静佳がおっとり口調のままそんなことを言う。

「ほえ？　え、エッチ!?」

一瞬、彼女の言葉の意味が分からず、幹久は素っ頓狂《すっとんきょう》な声をあげていた。

（エッチって、あの？　いや、「エッチする」に他の意味があるとは思えないけど）

ただ、爆乳美女が何故このようなことを言い出したのかが、まったく理解できない。

すると、こちらの疑問を察したらしく、彼女が言葉を続けた。

「実はぁ、わたしエッチがすごく好きなのぉ。なんて言うか、スイッチが入ると自分を抑えられなくなってぇ……夫と離婚したのもぉ、そんなわたしを彼が嫌って、他の女性と不倫しだしたからでねぇ。だから、本当は自分のそういうところを反省してぇ、この旅行の間は我慢しようと思っていたのよぉ。だけど、幹久くんを見ていたら、どうしても抑えられなくなっちゃってぇ」

寂しげな表情を浮かべてそんなことを言いつつ、静佳がズボン越しに一物を撫で回しながら、より強く身体を押しつけてくる。

（し、静佳さんがエッチ好き……確かに、見た目とか普段の態度から受ける印象は、ちょっと無防備だけどもっとお淑やかな人、って感じだったんだけど、意外に大胆だし、押しもけっこう強い……）

もしかしたら、部屋などで無防備そうな姿を見せていたのも、自分を誘惑するためだったのかもしれない。

股間からもたらされる心地よさと、女体の感触に酔いしれつつも、幹久はそんなことを考えていた。

よく「人は見かけによらない」と言うが、彼女を見ているとまさにそのとおりだ、と思わずにはいられない。

ただ、幹久は彼女の言葉にどう応じるべきか、まったく判断できずにいた。

真面目な性格と経済的な問題から、自室での孤独な指戯しか経験はないものの、セックスに興味がなかったわけではない。いや、むしろ興味自体は人一倍あった。そんな、興味はありながらも実際にはできなかった行為を、静佳は経験させてくれるというのである。まさに、「渡りに船」と言っていいだろう。

もしも、心惹かれる相手がおらず、「美海亭」以外の場所で彼女と出会って同じように誘われていたら、迷わず首を縦に振っていたかもしれない。

だが、今は帆奈美と再会し、宿で共に働いているのだ。このような状況下で、誘惑されたからと他の女性と関係を持つなど、初恋の相手への裏切り行為になる気がしてならなかった。

いわんや、ここは旅館の寮である。万が一にも行為の現場を誰かに見つかったら、静佳だけでなく自分も「美海亭」にはいられなくなるのは間違いあるまい。

しかし、バツイチ爆乳美女の誘惑は、そのリスクを考えてもあまりに魅力的だった。

もちろん、静佳が好みからかけ離れた容姿であれば、後ろ髪を引かれる思いがあってもお誘いを拒んでいたかもしれない。

だが、彼女には帆奈美と異なる魅力があって、心惹かれるものを感じていたのである。ましてや、つい先ほどまで腕を組んで散策をして、ずっと胸の高鳴りを覚えていた相手だ。セックスという行為はもちろんだが、そんな魅力的な爆乳美女からの誘いを、やりたい盛りの二十歳が無下《むげ》に断れるはずがない。

ただ、帆奈美を裏切るような真似をするのは、真面目な幹久にとって耐えがたいことだった。それができるなら、高校時代に恋人の一人でも作っていただろう。

そんな思いが頭の中をグルグル巡って、誘惑に応じるか否《いな》か判断がつかなくなってしまったのである。

すると、こちらの困惑を悟ったのか、静佳がいったん身体を離した。そうして、少し伸びをするように顔を近づけ、唇を重ねてくる。

その突然の行為に、幹久は目を大きく見開いていた。

（なっ……ななな⁉　く、唇に柔らかいものが……）

キスをされた認識も抱けず、幹久の思考回路がたちまちフリーズしてしまう。

「んっ、ちゅっ、ちゅば……」

小さな吐息のような声を漏《も》らしてから、これ以上ないくらい間近にある静佳の美貌が動きだし、唇がついばみ始める。

彼女の行為に対して、幹久は応じることも振り払うこともできず、呆然と立ち尽くしてされるがままになっていた。

すると、爆乳美女が不意に動きを止めた。そして次の瞬間、口内に軟体物がヌルリと入り込んでくる。

「んっ。んじゅぶ……じゅる、んむふ……」

静佳が声を漏らしだすと、口に入ってきたものが舌に絡みついてきた。すると、その接点から得も言われぬ心地よさが生じる。

（こ、これって、舌？）

ようやくそう察したものの、幹久はそれ以上何も考えられず、ただただ爆乳のバツイチ美女の行為を受けることしかできなかった。

3

「んぐ、んむ、んむる……」

「くうっ！　静佳さんっ、それっ……はううっ！」

下半身を丸出しにしてソファに座っている幹久は、分身からもたらされる心地よさを堪《こら》えきれず、呻《うめ》くような喘《あえ》ぎ声をこぼしていた。

今、幹久の股間には浴衣姿のままの静佳が顔を埋め、熱心なストロークを行なっている。そうして、彼女の顔が動くたびに、今までに経験したことのない鮮烈な性電気が生じるのだ。

ディープキスまでされて呆然となった幹久に対し、バツイチ爆乳美女は、さも当然と言わんばかりにズボンを脱がしにかかった。そして、あれよあれよという間にパンツまで脱がして勃起を露わにすると、ソファに座るように指示を出したのである。

幹久が素直に従って腰を下ろすと、彼女は一物に軽く舌を這わせ、躊躇《ちゅうちょ》する素振りを微塵《みじん》も見せずに咥《くわ》え込んで、すぐにストロークを始めたのだった。

（これ、座ってなかったらヤバかった。なんて気持ちいいんだろう。これが、フェラチオなのか……）

快感で朦朧《もうろう》とした頭で、幹久はそんなことを考えていた。

フェラチオ自体は、アダルト動画やエロ漫画ではお約束、と言ってもいいくらいよく目にする行為である。しかし、実際の心地よさと興奮は想像していた以上だった。

もちろん、「竿をしごく」という行為自体の意味は、自分の手でするのとさほど違わないはずだ。だが、口内の温かさや唇の感触、さらに亀頭がときどき口蓋に触れる感触といったものが、手とはまったく別の快感を生み出す。

とにかく、静佳の奉仕によって陰茎《いんけい》からもたらされる性電気は、自慰とは別次元のレベルに思えた。立ったままされていたら、あっさり腰が砕けて分身を咥えられた状態でへたり込んでいたかもしれない。

それに何より、浴衣姿の美女に奉仕されている事実が、興奮を煽《あお》ってやまない。

幹久が、そんなことを思いつつ快感に浸《ひた》っていると、爆乳美女が「ふはっ」と声をあげて一物を口から出した。

「はぁ、はぁ……幹久くんのオチ×チン、やっぱりとっても大きいわぁ。わたしですら、顎が疲れちゃいそうよぉ。こんなこと、元夫じゃまるでなかったわぁ」

静佳が、陶酔《とうすい》した表情を浮かべながらそう言って、いきり立った一物に熱い眼差《まなざ》しを向ける。どうやら、彼女の別れた夫のモノは、幹久と比べて大きさがかなり劣っていたらしい。

もっとも、快感で呆《ほう》けていた幹久は、彼女の言葉に返答どころか反応することすらできずにいたのだが。

「うふふ……幹久くん、もっと愉《たの》しませてねぇ」

こちらの状態など、セックス好きの爆乳美女はお見通しらしく、そう言うなり亀頭に舌を這わせだす。

「レロ、レロ……」

「はううっ！　そ、そこはっ……くはあっ！」

先っぽからもたらされた新たな刺激に、幹久はおとがいを反《そ》らして喘ぎ声をリビングに響かせていた。

竿をしごく行為は自分の手で経験済みだが、亀頭にこのような刺激を受けるのはまったくの初体験だ。そのため、鮮烈すぎる性電気を受け流すことができない。

静佳は、ひとしきり先端を舐《な》め回すと、また「あむっ」と声を漏らしてそこを咥え込んだ。そうして、竿を半分ほど口に含《ふく》むと、再びストロークをしだす。

「んっ。んむ、んぐ、んぐ……」

(こ、これが本物のフェラチオ……ああ、なんて気持ちがいいんだ！)

幹久は、いつしか分身からもたらされる心地よさにすっかり浸っていた。

帆奈美への思いも、静佳が客でバツイチなのも忘れて、今はただ肉棒から脊髄を伝って脳天を貫《つらぬ》く快電流に身を委《ゆだ》ねることしか考えられない。できることなら、この快感を永遠に味わっていたい、という思いすら湧いてくる。

だが、未体験の性的刺激を受けた牡《おす》の本能は、思いとは裏腹に自慰と比較にならない早さで限界を迎えようとしていた。

「し、静佳さん、僕、もう……」

「ふはっ。あら、もう？　まぁ、初めてじゃ仕方がないわねぇ。ん〜、そうねぇ。レンタルの浴衣を汚したくないし、お口に出させてあげるぅ」

幹久の訴えに、静佳がそう応じてから肉棒をやや浅く咥え直した。そして、小さめで素早いストロークを始める。

「んっ、んっ、んっ、んぐ、んむ……」

(く、口に？　それって、口内射精ってヤツじゃないか!?)

彼女の提案に、幹久は驚きを隠せずにいた。

それは、アダルト動画やエロ漫画ではよく目にしていた行為である。しかし、まさか初フェラチオで経験させてもらえるとは、まったく思いもよらなかった。

「んっ、んむっ、んむっ、んじゅぶ……」

(ああ、静佳さんの唇でチ×ポをしごかれて……すごくよくて……)

自分の手でいくらしごいても、これほどの快楽は得られまい。

そのため、幹久は彼女に射精を伝える間もなく、一気にふくれあがった限界に負けて「くうっ！」と呻くなり、スペルマを暴発気味に発射していた。

「んんんんっ!?」

静佳が、驚いた様子で目を丸くして、くぐもった声を漏らしながらも白濁液《はくだくえき》を口内で受け止める。

(ああ、すごっ……こんなに、精液が出るなんて……)

射精の心地よさに浸りながら、幹久は我がことながらそんな驚きを禁じ得ずにいた。

自分の手では、ここまで長く大量のスペルマを出した記憶などなかった。これが、爆乳の美女に奉仕されたからこそ起きたのは、疑う余地などないだろう。

やがて射精が終わると、静佳が慎重に顔を引いて一物を口から出した。

そして、少し苦しそうに顔を歪《ゆが》めながらも、口内を満たしたものを飲みだす。

「んっ。んむ、んぐ……ゴク、ゴク……」

床に吐き出すわけにいかないので、他に手がないと考えての行動なのだろうが、精飲までしてもらえるとは、まったく思ってもみなかったことである。

それだけに、初めての口内射精の余韻も手伝って、幹久は彼女を呆然と見ていることしかできなかった。

4

「ふはあ。すごぉく濃いミルクが、いっぱぁい。こんなに出るなんて、さすがに予想外だったわぁ」

口内の精をすべて処理し終えた静佳が、大きな吐息をつきながら言う。

ただ、そんな彼女の口元には、なんとも妖しげな笑みが浮かんでいた。また、目も熱に浮かされたように潤《うる》んでいる。

先ほどの話から考えて、おそらく本格的に「スイッチが入った」のだろう。

「はぁ、幹久くんのオチ×チン、あれだけ出したのにまだ大きいままぁ。これは、あと何回か抜かないと収まらないかしらぁ？」

息を整えた静佳が、一物を見つめると陶酔した表情でそう指摘してきた。

実際、彼女の言葉どおり、初めてのフェラチオと口内射精の興奮の余韻が冷めやらず、ペニスは未だにいきり立ったままだった。これでは、もう一発抜いた程度では、まだ満足できそうにない。

ただ、爆乳美女の指摘を肯定できるほど、幹久は大胆な性格をしていなかった。

そのため沈黙していると、彼女のほうが先に言葉を続けた。

「ふふっ。連続でフェラをしてもいいんだけどぉ、せっかくだし趣向を変えてみましょうねぇ」

そんなことを言うと、静佳はためらう様子も見せずにスルスルと帯をほどいた。そして、ウエスト補整パッド付きの伊達締《だてじ》め、さらに腰紐なども外して浴衣の前をはだけて白い長襦袢《ながじゅばん》を曝《さら》け出す。

彼女が襦袢の紐をほどくと、前がファスナーになっているベージュの和装ブラと、白いシンプルなデザインのローライズショーツが現れた。

静佳が、まったく躊躇する素振りもなく和装ブラのファスナーを開ける。すると、抑えられていた大きなバストが、ボンと音を立てんばかりにふくれあがった。

(うわっ。分かっていたけど……ほ、本当にでかい)

幹久は、ついついその巨大なふくらみに目を奪われていた。

アダルト動画でＡＶ女優の乳房は目にしていたが、生で女性の胸を見たのは、少なくとも第二次性徴を迎えて以降は初めてである。

いわんや、彼女のバストは巨乳を超えて「爆乳」と呼ばれて当然の大きさだ。普段着や旅館の浴衣越しに見ていたが、その存在感はまさに「圧巻」の一言に尽きる。

しかも、釣り鐘状のふくらみはただ大きいだけでなく、柔らかそうでありながら張りがしっかりあって、ブラジャーの支えがなくてもさほど垂れ下がっていない。そのぶん、より存在感があるように見える。

幹久が見とれていると、静佳は楽しそうな表情を浮かべながら、露わにした乳房をペニスに近づけてきた。

（えっ？　こ、これって、まさかパイズリ!?）

彼女の意図を察して、幹久は心の中で驚きの声をあげていた。

もちろん、アダルト動画などで見知っているし、されることを夢見ていた行為ではある。しかし、恋人ですらない女性にそこまでしてもらえるとは、予想外と言うしかない。もっとも、客の静佳にキスやフェラチオをされたこと自体が、想像の埒外《らちがい》だったのだが。

おかげで、何をされるかを悟ってもなんの反応もできずに、ただ爆乳美女の行動を見守るだけになってしまう。

静佳は両手を胸に添えると、深い谷間に肉棒をスッポリと挟み込んだ。

そうして、分身が包み込まれた瞬間、なんとも言えない心地よさがもたらされて、幹久は「はううっ！」と声をあげていた。

「うふっ、やっぱりいい反応ねぇ。それじゃあ、もっとよくしてあげるからぁ」

そう言って、彼女が交互に手を動かして胸の内側でペニスをしごきだす。

「ふあっ、それっ！　うあっ、はううっ！」

乳房の内側で分身を擦《こす》られると、鮮烈な性電気が生じて、幹久は我ながら情けない喘ぎ声をこぼしていた。

バストに包まれてもたらされる刺激は、手はもちろんフェラチオとも異なる今まで経験したことのない心地よさに思えてならない。

「んっ、んっ……幹久くんのオチ×チン、ふはっ、本当にすごいわぁ。んふっ、わたしのオッパイでも、んんっ、やっと全部、んふうっ、包めるくらいなんてぇ……んっ、ふはっ……」

手を動かしながら、静佳がそんなことを口にする。

しかし、幹久のほうはもたらされる快感に酔いしれて、彼女の言葉など耳に入っていなかった。

（ああ、すごく気持ちいい！　なんなんだ、これは？）

手や口と異なる、弾力と柔らかさを兼ね備えたふくらみ。もちろん、その大きさ故か柔らかさが先に立っている印象だが、そんなモノで分身を包まれ、さらにしごかれていることで生じる心地よさは、今までに経験したことのないものだった。

「うふっ。幹久くん、気持ちよさそう。でもぉ、パイズリはまだまだこれからが本番なんだからぁ」

そう言うと、静佳が交互に動かしていた手をいったん止めた。そして、身体を揺するようにしながら両手でバストを同時に動かし、ペニスを強く擦りだす。

「ふおおっ！　これっ……はううっ！」

身体の動きが加わって動き自体が大きくなったことで、より鮮烈な快感がもたらされ、幹久は思わずおとがいを反らして声をあげていた。

あの快感のさらに上があるとは、まったくもって予想外というしかない。

何より、カラフルな浴衣を羽織ったままの美女にパイズリをされているというシチュエーションが、興奮を煽ってやまなかった。

「んはっ、すごいっ。んんっ、こうするだけでっ、んふっ、先っぽがっ、ふはっ、谷間からっ、んふっ、出てくるのぉ。んんっ、こんなオチ×チンッ、ふあっ、初めてよぉ。んふあっ、んんっ……」

一方の静佳のほうも、そんなことを口にしながら奉仕にいっそう熱を込めていった。おそらく、元夫に同じことをしても、爆乳に埋もれてペニスの先端が姿を見せなかったのだろう。それだけに、パイズリで亀頭が現れるのが珍しく、また嬉しく思っているのは、彼女の言動を見ていれば容易《ようい》に伝わってくる。

「ああ、もう我慢できないぃぃ。んっ、レロ……ふはっ、チロロ……」

と、静佳が身体を動かしながら、先っぽが姿を見せたタイミングで縦割れの唇を舐めだした。いわゆる、パイズリフェラである。

「はううっ！　そっ、そん……くはあっ！」

幹久も、鮮烈すぎる快感に脊髄を貫かれて、リビングに喘ぎ声を響かせていた。

場所が場所なので、なんとか我慢したかったが、竿をふくよかなふくらみでしごかれつつ先端を舐められるという、二重の心地よさがペニスから一度にもたらされては、声を抑えることなど不可能と言っていい。

一方の静佳は、こちらの様子を気にせず、さらにパイズリフェラを続けた。

「んふあ、レロ……んっ、先走り、出てきたぁ。また、出ちゃいそうなのねぇ？」

いったん動きを止めて、彼女がそう問いかけてくる。

実際、幹久の分身の先端からは透明な液が溢《あふ》れだし、早くも新たな射精感が込み上げてきていた。

我ながら早すぎる気はしたが、フェラチオからの口内射精の余韻が覚める前に、パイズリからパイズリフェラという連続攻撃を受けているのだ。たとえ童貞でなくても、これにそうそう耐えられるものではあるまい。

ましてや、それをしてくれているのは浴衣姿の爆乳美女なのである。幹久にとっては、初めてのパイズリフェラ以外の興奮材料も揃っていた。

ただ、頭に血が上りすぎて朦朧としていたため、幹久は彼女の問いかけに応じることも忘れていた。むしろ、どうして動きを止めてしまったのか、という不満を抱いたくらいである。

もっとも、さすがに彼女のほうはこちらの心理を正確に把握《はあく》しているらしく、改めて口元に妖《あや》しい笑みを浮かべた。

「ふふっ。それじゃあ、最後にぃ……わたしも、これはしたことがないのよぉ。大きなオチ×チンじゃないと、ちょっと辛くてしたいと思わなかったしぃ」

と言って、静佳はペニスの先端を谷間から出し、そこに口を近づけた。そして、亀頭の上半分ほどを咥え込む。

そうしてから、彼女は胸にあてがった手を交互に動かしだした。同時に、尿道口やその周辺を舌で舐め回しだす。

「レロロ……んっ、チロ、ンロ……」

「ほあぁっ！　これっ……あうっ、はあぁっ……！」

幹久は、肉棒から流れ込んできた二種類の性電気の心地よさに、またしても甲高《かんだか》い声をあげていた。

先ほどのパイズリフェラと比べると、竿をしごく動きは小さい。だが、亀頭を咥えられているぶん、また違った種類の快感がもたらされている気がしてならなかった。

ただでさえ、カウパー氏腺液が溢れるほどに感じていたところに、このような刺激を与えられては堪《こら》えることなど不可能と言っていい。

「はううっ！　で、出る！」

たちまち限界を迎えた幹久は、そう口走るなり爆乳美女の口内に、再び精をぶちまけていた。

5

「ふはあ。二度目なのに、まだとっても濃いミルクが、沢山出てぇ……二回もあんなに沢山飲んだら、晩ご飯前なのにお腹がいっぱいになっちゃいそうよぉ」

口内を満たした精を処理し終えた静佳が、大きく息をつきつつそんなことを言う。

「その……なんか、すみません」

二回の射精で、ようやく少し冷静になった幹久は、つい謝罪を口にしていた。

初フェラチオに初パイズリ、そして初パイズリフェラなのだから仕方がないとはいえ、自分でも驚くほど早く、しかも大量の射精を二度もしたのが、いささか情けなく思えてならない。

「謝らないでいいわぁ。さっきも言ったけどぉ、それだけ興奮してくれたってことなんだから、むしろわたしは嬉しいのよぉ」

穏やかな笑みを浮かべながら、静佳がそう応じた。

どうやら、男が早々に射精するのも、彼女にとっては悦《よろこ》びでしかないようである。

「それよりぃ、オチ×チンがまだ元気なままねぇ？　元夫のなんて、ここまでしたらしおれちゃって、回復させるのも大変だったのにぃ。これが若さ？　それとも、幹久くんがエッチだからかしらぁ？」

と、爆乳美女がからかうように言う。

もっとも、それは幹久自身にも判断がつくことではないのだが。

ただ、少なくとも彼女の奉仕の数々はもちろんのこと、初めて目の当《ま》た《あ》りにしている妙齢の美女の裸、しかも浴衣を羽織ったままの格好といったすべてに、興奮しているのは間違いない。

「ああ……わたしも、もう我慢できないわぁ。このたくましいオチ×チン、早く挿《い》れたくてぇ」

そう言うと、静佳が目の前でためらう素振りもなくいそいそとショーツを脱いで、黒い恥毛の生えた下半身を露わにする。

（お、オマ×コ……本物だ！）

幹久は、思わずそこに見入っていた。

合法的なアダルト動画やエロ漫画では、モザイクや墨で隠されているその場所を、まさかこうして生で見られる日が来るとは。

彼女のそこは、見るからに蜜で潤っていた。おそらく、フェラチオやパイズリで興奮したため、愛撫なしでも準備が整ったのだろう。

幹久がそんなことを漠然と考えていると、ショーツを傍《かたわ》らに置いた静佳がソファにまたがってきた。

「幹久くんってぇ、浴衣を着た女性が好きなのよねぇ？　本当なら脱いでしたいところだけどぉ、特別に着たままして、あ・げ・る」

耳元で囁くように言うと、彼女は躊躇する様子もなく陰茎を摑《つか》んだ。

それだけで、幹久は自然に「はうっ」と声を漏らしてしまう。

「今日は、わたしに全部任せてねぇ？　大丈夫、気を楽にしてぇ」

と声をかけながら、静佳は自分の股間に肉棒の先端をあてがった。

すると、先っぽから甘美な心地よさがもたらされて、またしても幹久の口から「うっ」と声がこぼれ出る。これればかりは、どうにも抑えようがない。

「ふふっ。初々しくて、なんだか可愛いわぁ」

そんなことを言いながら、爆乳美女がそのまま腰を下ろしだす。

すると、先端がヌメッたところに入り込んでいくのが、はっきりと感じられた。

先に出していなかったら、この心地よさだけで暴発していたかもしれない。

さらに、彼女は腰を沈めていき、とうとう最後まで入って動きが止まった。

同時に、「んはあ」と大きく息を吐いた静佳が抱きついてくる。すると、豊満な乳房の感触が、Tシャツ越しに胸から伝わってきた。

「ああ、すごいわぁ。わたしのオマ×コ、オチ×チンで押し広げられてぇ、先端が子宮まで来ているの、はっきり感じられるぅ。こんなの、わたしも初めてよぉ」

と、爆乳美女が甘い声で言う。

だが、初めて女性の乳房と女性器の感触に包まれた幹久には、彼女の言葉はまったく届いていなかった。

(これが、女の人の中……生温かくて、ヌメヌメして、チ×ポに絡みついてくるみたいな感じで……それに、柔らかくて大きなオッパイが胸で潰れて……こうされているだけで、すごく気持ちいい)

そんな思いだけが、幹久の心を支配している。

おかげで、童貞を喪失した実感はもちろん、感動も何も湧いてこない。

「幹久くん、気持ちよさそうな顔をしてぇ……でもぉ、まだまだこれからが本番なのよぉ。それじゃあ、動くわねぇ？　んっ、んっ……」

と、静佳が腰を動かしだす。

「はうっ！　これっ……ううっ」

肉棒が膣道に擦られるなり甘美な性電気が発生し、幹久は思わず声を漏らしていた。

「んっ、はっ、これっ、ああっ、奥っ、あんっ、当たるぅぅ！　んんっ、はうっ、あうんっ……！」

静佳も、腰を振りながら甲高い声で喘ぐ。どうやら、彼女もかなりの快感を得ているらしい。

（ああ、チ×ポが気持ちよすぎて……これが、本物のセックス……）

フェラチオやパイズリもよかったが、ヌメっていながらペニスに絡みつく女性器によってもたらされる感覚は、異次元の心地よさに思えてならない。しかも抱きつかれているため、乳房の感触と女体のぬくもりも身体で感じているのである。

こんなものを経験してしまったら、もう自分の手でする行為になど戻れなくなってしまいそうだ。

快感で半ば停止した思考の中で、幹久がそんなことを漠然と考えていたとき、

「はっ、あっ、イク！　んはああっ！」

と、静佳が控えめに声をあげておとがいを反らし、身体を震わせて動きを止めた。

しかし、その強張《こわば》りは長く続かず、すぐに彼女は虚脱して幹久にグッタリと体重を預けてきた。

「ふああ……軽くイッちゃったぁ。こんなに簡単にイッたのぉ、わたしも初めてぇ」

乳房を押しつけたまま、爆乳美女が耳元でそんなことを口にする。

もっとも、こちらはそれに応じる余裕など、まったくなかったのだが。

（ど、どうしよう？　女の人が先にイッたら、もうやめるべきなのかな？　でも、ここまでしたら、俺もあと一回は出さないと収まりそうにないし……）

何しろ、幹久は既に二度出しているため、いくらセックスが気持ちいいと言っても、さすがに次の射精までもう少し時間がかかりそうなのだ。しかし、こちらの欲望を優先して強引に続けて、静佳に辛い思いをさせる気にもならない。

すると、こちらの迷いを察したのか、グッタリしていた爆乳美女が先に口を開いた。

「今度はぁ、幹久くんが動いてぇ。このままソファの弾力を利用してぇ、突き上げてちょうだぁい」

「わ、分かりました」

あれこれ考えることもできず、幹久はそう応じて半ば本能的に彼女の腰に手を回した。そして、言われたとおり腰を突き上げるように動かしだす。

「んんっ！　あっ、はううっ！　あんっ、奥ぅ！　ひゃんっ、来るぅ！　あんっ、んんっ、むううっ……！」

おとがいを反らして甲高い声をあげた静佳だったが、すぐに口を閉じて喘ぎ声を抑えた。あまり大声を出すと、さすがに旅館まで聞こえてしまう、と考えたのだろう。

(こうして自分で動くと、さっきとはまた違う感じで、すごくいいな)

腰を突き上げながら、幹久はそんなことを思っていた。

もちろん、体勢が体勢なので動きにくいのだが、それでも一物にもたらされる心地よさは他人のリズムのときより大きいように感じられる。また、受け身で快感に浸るのもいいと思うものの、能動的に快楽を貪《むさぼ》るほうが気持ちが昂《たかぶ》る気がしてならない。

すると、静佳が「ああっ」と声をこぼして幹久の頭を抱え込んだ。

そうして、豊満なふくらみに埋まるような形になると、彼女の甘い匂いとふくよかな乳房の感触、そして女体のぬくもりに顔全体が包まれる。それだけで、牡の本能がますます高まってしまう。

「ああっ、イッたばかりっ、あんっ、だからぁ！　あうっ、またっ、はあっ、すぐにぃ！　あんっ、イキそうっ！　はうっ、ああっ……！」

間もなく、静佳が限界を訴えてきた。

「くうっ。僕も、そろそろ……」

顔を胸に埋もれさせたまま腰を動かしつつ、幹久もそう口にしていた。

立て続けの三度目の射精にしては、我ながら早い気はしている。だが、初めてのセックスの快感に加えて、顔でバストの感触やぬくもりを感じている興奮を前にして、これ以上耐えるのはさすがに無理だ。

「ああんっ、中よぉ！　はうっ、中にっ、あんっ、ちょうだいっ！　はあっ、熱いのっ、んあっ、わたしにぃ、あんっ、注《そそ》ぎ込んでぇ！　あんっ、んっ、んんっ……！」

喘ぎながらそんなことを言って、爆乳美女が頭を抱えた腕の力をいっそう強める。

おかげで、口と鼻が柔らかなふくらみに埋まって、息ができなくなってしまう。

そうして、顔がますます乳房に埋もれたことにより、彼女の言葉の意味を考える余裕もないまま、一気に臨界点を超える。

そして幹久は、「んむう！」と呻き声をあげるなり、爆乳美女の子宮に出来たてのスペルマを注いだ。

「はああっ、中にぃぃ！　んんんんんんんっ!!」

ほぼ同時に、静佳が身体を強張らせながら絶頂の呻きをあげる。最後に声を抑えたのは、やはり経験の賜物《たまもの》だろうか？

そんなことを朦朧とした頭で考えつつ、幹久は初めてのセックスと中出し射精の心地よさに浸っていた。

第二章　熱くとろける仲居の蜜壺

1

「はぁ。ホント、どうしたもんかなぁ？」

朝、客が使った朝食の食器の片付けを手伝いながら、幹久はついついそう独りごちていた。

何しろ昨日、客の庄野静佳と従業員寮でファーストキスのみならず、フェラチオやパイズリ、さらにセックスまで経験させてもらったのである。

もっとも、興奮と快感のあまり途中から記憶が曖昧になっていて、細かいことはほとんど覚えていないのだが。

正直、行為の残滓《ざんし》の後始末をしていなければ、自分が淫《みだ》らな夢を見ていただけだ、と言われても信じていたかもしれない。そのせいか、童貞を卒業したという実感もイマイチなかった。

それでも、バツイチ爆乳美女と肉体関係を持ったのは、疑いようのない事実なのだ。

(まぁ、運よくというか、あれから静佳さんと顔を合わせていないんだけど……)

何しろ、今もあの出来事を思い出すだけで、作務衣の中で一物があっさりふくらんでしまうのだ。彼女と会ったら、どんな態度を取ればいいか分からなくなるだろう。

「幹久くん、大丈夫?」

「ほえ? な、何?」

不意に、背後から帆奈美の心配そうな声がして、我に返った幹久は素っ頓狂な声をあげていた。

「きゃっ。もう、『何?』じゃないよ。手を止めたまま、なんだかボーッとしているんだもん。何か考え事をしていたんでしょう? どうしたの?」

こちらの反応に困惑の声をあげつつ、帆奈美が首を傾げて訊いてくる。

「い、いや、その……なんでもない……って言うか、大したことじゃないよ」

そう言いながら、幹久は彼女から目をそらしていた。

こうして又従妹の顔を見ると、他の女性、いわんや宿泊客と肉体関係を持ってしまったことに、どうしようもないほどの罪悪感が湧き上がってくるのを抑えられない。

(帆奈美ちゃんに、静佳さんとエッチしたって素直に話すべきかな？　いや、でもなぁ……)

もちろん、彼女とは交際しているわけではないし、気持ちを確かめたこともない。つまり、こちらは異性としての好意を抱いているものの、あちらが「親しい又従兄」以上の感情を持っていない可能性もあるのだ。

もしもそうだった場合、幹久が客の女性と性的な関係を打ち明けたときに、一歳下の又従妹はいったいどんな反応を見せるのだろうか？　呆《あき》れられるか、激怒されるか、あるいは冷たくされるか？

そんなことを思うと、彼女とどう接していいのか、どうにも考えがまとまらなくなってしまう。

「……幹久くん、わたしに何か……」

と、帆奈美がいぶかしげな表情で問いかけようとしたとき、

「あらぁ、幹久くん、帆奈美ちゃん？　幹久くんとは今日、顔を合わせるのは初めてねぇ。おはよう」

階段を下りてきた爆乳美女が、笑みを浮かべながらいつものおっとり口調で挨拶を

してきた。

静佳は、白い七分袖のブラウスに黒のテーパードパンツという、動きやすそうな格好をしている。手には、赤いカーディガンと白のサファリハットを持っている。

また、彼女はバッグを肩から斜めがけにしていたが、バッグの紐が胸の谷間に食い込んでいるため、大きな胸がいっそう目立っている。

その姿を見ただけで、幹久の心臓が大きく高鳴った。

「お、おはようございます、静佳さん。その……今日は、もうお出かけですか？」

「ええ。今日はぁ、バスで滝まで行ってみることにしたのよぉ」

ドギマギしながら幹久が問いかけると、爆乳美女は笑顔のままそう応じた。

長期宿泊中の彼女は、宿に引きこもっているわけではなく、よく観光に出かけていた。もっとも、自分で車の運転ができないため、主に電車やバス、たまにタクシーを使っているようだが。

ちなみに、静佳が言った「滝」とは、K町の北部にある大小さまざまな滝が点在しているところで、昭和の文豪が書いた有名小説の舞台になった観光名所だ。町の中心からはやや離れているが、駅前から滝へ行く路線バスも出ている。

「でも、あそこ行きのバスって、あんまり本数が多くないですよね？」

「調べたらぁ、今から駅に行くと、いい時間に出るバスがあったのぉ。今日も暑いしい、午前中のうちに滝を見て、お昼を向こうで食べるとちょうどいいと思ってぇ」

帆奈美の指摘に、静佳が笑顔のまま答える。

そんな二人を横目に、幹久の視線は爆乳美女の胸元に釘付けになっていた。

（じかに見ているけど、やっぱり大きい。それに、弾力もあるけど柔らかくて……あっ、でも考えてみたらチ×ポを挟まれたり、胸や顔に押しつけられたりはしたけど、手では触っていないんだよな。ああ、あのオッパイを揉《も》んでないなんて、なんかすごく勿体《もったい》ないことをした気がする）

そう考えると、昨日の自分が彼女に翻弄《ほんろう》され、されるがままになっていたことを痛感せずにはいられない。

もちろん、気持ちよかったこと自体は事実だ。しかし、爆乳を手で触れていなかったことには、せっかくラーメンが評判の店に入ったのに、肝心のラーメンを食べる前に満腹になったような物足りなさを、今さら感じてしまう。

「幹久くぅん？　わたしのオッパイをジッと見つめて、どうしたのかしらぁ？」

からかうような静佳の声で、幹久はようやく我に返った。

「はっ。あ、いや、その……」

「ふふっ、男の子なんだからぁ、オッパイが気になるのは仕方ないわぁ。だけど、ジロジロ見るのはマナー違反かしらねぇ？」

慌てる幹久に対して、爆乳美女がからかうように言う。

「うっ。すみません」

「むうっ。幹久くんっ、お客様に失礼なことをしたらダメでしょう？」

と、帆奈美が横から頬をふくらませて注意してきた。

それに対し、幹久は「ゴメン」と頭を掻《か》きながら謝るしかなかった。

とはいえ、昨日パイズリなどをしてもらい、ペニスや胸や顔でその感触を味わった爆乳を見るな、というのは酷な話ではないだろうか？

そんなことを幹久が思っていると、帆奈美が爆乳美女のほうを向いて、

「静佳さんも、その、もう少し服装に気をつけたほうが……」

と、少し言いづらそうに言葉を濁しながら言った。

女性の目から見ても、彼女の今の格好はいささか煽情的に思えるらしい。

すると、静佳が又従妹に近づいた。

「うふふ……これはねぇ。わ・ざ・と」

「えっ？　そ、それって……」

帆奈美が目を丸くすると、すぐに彼女は離れて、

「ふふっ、冗談よぉ。さて、それじゃあバスの時間に間に合わなくなるしぃ、わたしはそろそろ行くわねぇ。夕方前には、戻ってくると思うからぁ」

と、話を打ち切った。そして、玄関の靴箱から自分の靴を取り出し、唖然《あぜん》とする二人にヒラヒラと手を振って外に出ていく。

「……はぁ。静佳さん、なんだかやけに明るくなった気がするなぁ？　って言うか、ウチに来てからずっとあった翳みたいなのが、急になくなった感じ？」

爆乳美女の姿が見えなくなると、我に返った帆奈美がそんなことを口にした。

それは、幹久も感じていたことなので、やはり気のせいではなかったらしい。

昨日、幹久と関係を持つ前までも、静佳は基本的には普通に会話もすれば、極端に落ち込んだ様子なども見せなかった。だが、その笑顔には寂しげな翳がチラついており、離婚のショックを押し殺して明るく振る舞っているような印象があったのである。

しかし、今のやり取りの範囲では、彼女からは無理をしている様子がまったく感じられなかった。おそらく、あれが本来の性格なのだろう。

「幹久くん、何か知らない？」

と、急に話を振られて、幹久の心臓が喉《のど》から飛び出しそうなくらい大きく跳ねた。

「さ、さあ？　俺に訊かれても……」

「まぁ、そうよねぇ。それに、わたしたち旅館の人間が、お客様の都合にあんまり踏み込むのもよくないし」

幹久がどうにか誤魔化して応じると、又従妹が肩をすくめながら言った。

（明るくなったのは、俺とエッチしたことが原因だとは思うけど……）

しかし、そんなことを帆奈美に言えるはずがない。

もちろん、静佳本人から話を聞いたわけではないので、内面を正確には知る由《よし》もない。だが、幹久とセックスをしたことで、ずっと抱いていた元夫への未練のようなものがなくなり、結果として翳が消えた可能性は充分にあるだろう。

ただ、彼女の言動からは、昨日肉体関係を持った相手と話している緊張感や照れのようなものが、まったく感じられなかった。

確かに、静佳には結婚の経験があって、しかもセックスが好きだという話だったので、男性に慣れているのは間違いあるまい。そうであれば、関係を持った相手とその翌日に話をするくらい、いちいち意識するようなことではないのだろうか？

（静佳さん、エッチのあと「すごく気持ちよかった」って褒めてくれたけど、実は俺とのエッチなんて大したことなかったから、あんなに平然としているのかな？）

そう思うと、幹久は困惑と同時に、なんとも言えない寂しさを感じずにはいられなかった。

2

静佳と関係を持ってから、四日が過ぎた日の深夜。

幹久は、音を立てないように気をつけながら「美海亭」本館の裏口の鍵を開け、中にこっそり入り込んだ。

この時間、料理人たちはもちろん、徒歩二十分ほどのマンションに住む伊織も帰宅し、帆奈美と優子も隣の敷地の自宅に戻っている。緊急事態があれば、寮や阿久津家に直結した内線電話で呼び出せるが、基本的にこの時間は宿に客以外はいない。当然、こうして忍び込むなど、本来はしてはならないことである。

(俺だって、本当はこんなことをしたくないけど、静佳さんに呼ばれたらなぁ)

実は、今日の夕食の片付けで静佳の部屋へ行ったとき、幹久は日本酒を飲んでほろ酔い状態の彼女から、「今夜、こっそり部屋に来て」と誘われたのである。

もちろん、幹久もさすがに「それはマズイ」と思って断ろうとした。

だが、もともと静佳の身体の感触を思い出しては、夜な夜な自慰に耽っていたのだ。そんな相手からの誘いに加え、「来てくれなかったらぁ、帆奈美ちゃんにわたしたちのことを話しちゃおうかしらぁ？」などと言われては、拒めるはずがない。

結局、幹久は彼女に指定された時間に、こうしてやって来ざるを得なかったのだ。泥棒も顔負けなくらい気配を抑えながら、幹久は抜き足差し足で階段を上った。そして、二〇一号室の引き戸前まで移動する。

大きな音を立てないように軽くノックすると、すぐに引き戸が静かに開けられ、旅館の浴衣姿の静佳が姿を見せた。相変わらずと言うべきか、この浴衣のときの彼女は、着崩れを気にしておらず、胸のところが大きくふくらんでいる。

ちなみに、布団の横の座卓には、缶ビールと飲みかけのグラスが置かれていた。どうやら、待っている間に一杯やっていたらしい。

「時間どおりねぇ。さ、入ってぇ」

小声でそう言われて、幹久はそそくさと室内に入ると、「ふぅ」と思わずため息をついていた。隣室にも宿泊客がいるとはいえ、こうして部屋の中に入ればひとまず誰かに見つかるのではないか、という緊張感はなくなる。

もっとも、肉体関係を持った女性が一人で宿泊中の部屋にいる、という別の緊張感は生じているのだが。

「えっと……それで、なんでこんな時間に僕を呼んだんですか？」

「あらあらぁ、全部言わないと駄目かしらぁ？　本当はぁ、幹久くんだって分かっているんでしょう？」

こちらの問いかけに、近づいてきた静佳が、妖しい笑みを浮かべながら応じる。

（やっぱり。静佳さんは、また俺とエッチしたくて、わざわざみんなが寝静まった頃に来るように言ったのか）

もちろん、幹久も呼ばれた時点でそうであろうと予想はしていたし、むしろ他の可能性はほぼあり得ないと考えていた。それでも、自分が勝手な期待をして外れたときのことを思うと、念のためでも問いかけずにはいられなかったのである。

ただ、同時に一つの疑問が湧き上がってくる。

「あの……それじゃあ、どうして今まで何もなかったような態度を？」

「あら、帆奈美ちゃんの前でもベタベタしたほうがよかったかしらぁ？　これでもぉ、一応は気を遣《つか》ったつもりなんだけどぉ」

爆乳美女の口から又従妹の名前が出てきて、幹久は心臓が大きく飛び跳ねるのを抑えられなかった。

「な、なんで、ここで帆奈美ちゃんが……？」

「だってぇ、幹久くんは帆奈美ちゃんのことが好きなんでしょう？　向こうも……まぁ、それをわたしが言うのはフェアじゃないわねぇ。とにかく、わたしとしては幹久くんを困らせたくなかったからぁ、少し距離を置いていたのよぉ」

と、静佳があっけらかんと言う。

(まさか、静佳さんに俺の気持ちを、ここまで完璧《かんぺき》に見破られていたなんて……)

はたして、これがもうすぐ三十路《みそじ》という年齢で結婚と離婚をした経験値によるものなのか、彼女の生来の観察眼なのか、幹久には分からなかった。

しかし、そうなると新たな疑問が生じる。

「それじゃあ、どうしてこのタイミングで僕を呼んだんですか？」

「それはぁ、幹久くんのオチ×チンが欲しいって気持ちを、我慢しきれなくなったからよぉ。セックスは好きだけど、わたしもあんなに気持ちよくなったの初めてだったのぉ。おかげでぇ、またしたいって思いがどんどん強くなっちゃってぇ」

こちらの質問に答えながら、静佳が身体を寄せてきた。そうして胸を押しつけられると、浴衣越しながらふくよかな感触と女体のぬくもりが、しっかりと伝わってくる。飲酒のせいか、彼女の体温は前回よりも高いように感じられた。それに、おそらく夕食後にも入浴したのだろう、体臭に石鹸の香りが混じった芳香がフワリと漂ってきて幹久の鼻腔をくすぐる。

おかげで、半勃起状態だった分身が、たちまちズボンの奥で体積を増してしまう。すると、爆乳美女が股間に手を這わせてきた。そうしてズボンの上から一物を触れると、やはりもどかしさを伴《ともな》った心地よさが発生して、自然に「ううっ」と声がこぼれ出てしまう。

「ああ、やっぱりオチ×チンがこんなに大きくなってぇ……元夫は、わたしがエッチに積極的になるのが本当に嫌いでぇ、最後はわたしの裸を見ても、いくら奉仕をしてもオチ×チンが充分に大きくならなくなっちゃったのよねぇ。だからぁ、正直、女としての自信をなくしていたんだけどぉ……」

そう言いながら、静佳は妖しげな笑みを浮かべながら肉棒をズボン越しに撫で回す。

「うふっ。わたしとまたエッチできる、と思ってこんなになっているんでしょう？　嬉しいわぁ。ねえ、今回は幹久くんがしてくれるぅ？　指示は出してあげるからぁ」

「えっ？　ぼ、僕が？」

「ええ。前回はぁ、ほとんどわたしがするだけだったじゃなぁい？　あれはあれでよかったけどぉ、幹久くんのためにはならないかな、と思ってぇ。ほら、オッパイすら揉ませてあげてなかったしぃ。わたしも、久しぶりで自分がしたいことに夢中になりすぎちゃったなあって、あとで反省したのよぉ」

困惑の声をあげた幹久に、彼女がそう言葉を続けた。

確かに、それはこちらも不満に思っていた点である。ただ、まさか爆乳美女のほうから口にしてくれるとは。

「それじゃあ、幹久くん？　まずは、キスからよぉ。あ、だけどお互いに大声を出したらマズイから、ちゃんと指示に従ってね」

このように言われると、幹久は首を縦に振るしかない。

「ふふっ、いい子ね。じゃあ、お願い」

と、静佳が目を閉じて唇を突き出すようにする。

そんな彼女の美貌を間近で目にしては、牡の本能を抑えられなくなってしまう。

幹久は顔を近づけると、爆乳美女の唇に自分の唇を重ねるのだった。

3

蛍光灯を消して月明かりに照らされた部屋の中、静佳が浴衣の前をはだけて布団に仰向《あおむ》けになっている。その姿に、幹久は息を呑んで見とれていた。

幹久が浴衣の帯を外して前をはだけると、大きなバストが姿を現したのは当然である。ところが、爆乳美女はショーツも穿《は》いておらず、いきなり恥毛の生えた秘部まで丸見えになったのだ。

彼女の裸は既に目にしているものの、月明かりに浮かぶ裸体はなんとも幻想的で、かつ淫靡《いんび》に思えてならない。

「見とれてないで、早くオッパイを揉んでぇ」

そう促《うなが》されて、幹久はようやく我に返った。

「す、すみません、すぐに」

と応じた幹久は、彼女にまたがった。そして、仰向けになっても存在感が充分にある二つのふくらみに目をやる。

ペニスや胸では感じていたが、手では触れたことのないバスト。そこに、これから触るのだと思っただけで、鼻血が出そうなくらい頭に血が上ってくる。

それでも幹久は、意を決して胸に手を伸ばした。

そうして乳房に触れると、静佳が「あんっ」と甘い声をこぼし、同時に手の平全体で包んでもこぼれ出るほどの乳房の感触が広がる。

(うわぁ。これが、静佳さんのオッパイの手触り……)

温かくて、柔らかくもしっかり弾力がある不思議な感触に、幹久は内心で驚きの声をあげていた。

他の部位では既に感じていたのだが、こうして手で触ってみると何かが違うように思えてならない。やはり、「手」というもともと物に触れるための部位を使った行為が、ペニスや胸や顔とは異なる感覚を生み出しているのだろう。

「じゃあ、揉んでちょうだぁい。最初は、なるべく優しくねぇ。女の反応を見ながら、力加減をコントロールするのよぉ」

静佳のアドバイスに、「は、はい」と返事をした幹久は、緊張しながら両手の指に力を込めた。すると、指が沈み込んで左右のふくらみがグニャリと形を変える。

「うおっ、すごっ……」

思わず声をあげて力を抜くと、今度は指が押し返されて形が元に戻る。

その感覚に戸惑いながら、幹久はさらに乳房を揉みしだいた。

(オッパイって、なんか面白いな)

物心がついてから初めて、手でまともに触れたバストの感触に、幹久はそんな感想を抱かずにはいられなかった。

おそらく、爆乳美女の胸だからなのだろうが、常々想像していたよりも柔らかい印象ではある。ただ、適度な弾力があるおかげで、揉み心地が非常にいい。

（もっと力を入れたくなるけど……反応を見ながら加減しろ、って言われたからな）

そう考えて、幹久はどうにか自制しながら、二つのふくらみを優しく揉みしだき続けた。

「あんっ、それくらいっ、んはっ、いいわぁ。んんっ、んっ、んむっ……」

甘い声を出した静佳が、すぐに手の甲を口に当てて喘ぎ声を殺す。

何しろ、隣の部屋には宿泊客がいるのだ。この時間なら寝ているはずだが、それでも大声を出してはマズイ、と判断したのだろう。

（えっと、こうやって女性の反応を確かめながら……もう少し、強くしても大丈夫かな？）

そう判断して、指の力をやや強めると、

「んんー！　んっ、んむっ、んんっ……！」

と、静佳が口を塞《ふさ》いだまま、おとがいを反らして喘ぐ。

（なんか、女の人が喘ぐのを月明かりだけで見ていると、蛍光灯とかで明るいところで見るより、ずっとエロい気がするぞ）

愛撫を続けながら、幹久はそんなことを考えつつも、興奮がいっそう高まるのをどうにか堪えていた。

事前の注意がなかったら、欲望に任せて爆乳を乱暴に揉みしだいていたかもしれない。だが、それでは彼女を気持ちよくさせられないだろう。どうせなら、女性にもしっかり感じてもらってお互い満足できる形にしたい、と幹久は思っていた。

(それにしても、本当にこのオッパイの触り心地はすごくよくて……あれ？　なんだか、静佳さんの乳首が……)

ふくらみの感触に夢中になっていた幹久は、いつの間にか乳房の頂点にある突起の存在感が増していることに気付いた。

そうして、ツンと屹立《きつりつ》したものを目にすると、一つの衝動が込み上げてくるのをどうにも抑えられなくなってしまう。

「あの、静佳さん？　オッパイに口をつけてもいいですか？」

幹久が愛撫を止めて訊くと、爆乳美女が手を口から離してこちらを見た。

「んはあ……いいわよぉ。好きにしてぇ。あっ、だけど不意打ちはやめてねぇ。声を抑えられないかもしれないからぁ」

と、静佳があっさり了承してくれる。

幹久は、「は、はい」と応じると、緊張しながらふくらみに口を近づけた。

そうして、彼女が再び手の甲で口を塞いだのを確認してから、乳輪に合わせてパックリと咥え込む。

「んんんっ！」

途端《とたん》に、静佳がくぐもった声をあげておとがいを反らす。

「レロ、レロ……」

「んんんっ！　んむっ、んうう！　んんんっ……！」

突起を舐めだすと、たちまち爆乳美女が喘ぎ声を漏らしながら身体をヒクヒクと震わせだした。これだけでも、彼女がかなりの快感を得ていることが伝わってくる。

そこで、幹久はいったん乳首から口を離した。そして、今度はふくよかな乳房を舐め回しだす。

「レロロ……ピチャ、ピチャ……」

「んふうっ。んあっ、あんっ、んむうっ、んんっ……！」

乳首への愛撫より反応は弱まったが、それでも静佳の口からくぐもった喘ぎ声がこぼれ出る。

幹久は、乳房全体に舌を這わせ続けた。そうして、少しずつ先端に近づけていき、間もなく乳輪に到達するというところで、いったん舌を離す。

「じゃあ、また乳首を舐めますね？」

と声をかけてから、幹久は先ほどよりも大きくなった乳頭を絡め取るように舌を動かしだした。

「レロロ……レロ、ンロ……」

「んんーっ！　んっ、んむむっ、んんんっ……！」

敏感な部位への刺激に、静佳が身体を小刻みに震わせてくぐもった喘ぎ声をこぼす。

反応から見て相当に感じているようだが、声をしっかり抑えられているのは、事前に舐めることを伝えたおかげだろうか？

ひとしきり乳頭を舐め回すと、幹久は再び乳輪ごと乳首をパックリと咥え込んだ。

そして、チュバチュバと音を立てながら突起を舌で弄《いじ》り回しつつ、同時に空いている胸を揉みしだきだす。

「んんんっ！　んむうっ！　んっ、んふっ、んんーっ……！」

爆乳美女が、喘ぎながらおとがいを反らす。

(ああ、やっぱりこうしていると、なんだか懐かしいような、妙な安心感があるな)

乳頭と乳房を愛撫しながら、幹久はそんなことを漠然と思っていた。

もしかしたら、既に忘れてしまったはずの乳児の記憶が、乳首を吸う行為によってうっすらと甦《よみがえ》っているのかもしれない。

「んはあっ。幹久くぅん、ちょっとストップぅ」

ややあって、手を口から離した静佳が、小声でそう指示を出してきた。

そのため、幹久はいったん愛撫をやめて彼女の顔を見る。

「オッパイに夢中になるのも分かるけどぉ、そろそろ下のほうもお願いしたいわぁ」

と爆乳美女に言われて、幹久は「下……」と呟いてから、生唾を飲み込んでいた。

求められていることがなんなのかは、つい先日童貞を卒業したばかりのビギナーでも容易に理解できる。

幹久が上からどくと、案の定、静佳はすぐに脚をM字に広げた。

そこで、脚の間に入って割れ目に顔を近づけると、既に彼女の秘裂から蜜が溢れ出して潤っているのが目に飛び込んでくる。

(オマ×コ、このアングルで見るとすごいな。それに、ここに俺のチ×ポが入っていたなんて、なんだかビックリだよ)

幹久は、濡れそぼった秘部を眺めながら、ついついそんなことを考えていた。

正面から見たときと違い、股間に入り込んで見ると、やや襞《ひだ》がはみ出した割れ目の長さなどがはっきりと分かる。ただ、その大きさをこうして確認すると、自分の一物がすんなり入ったのがいささか信じられなく思えてならない。

とはいえ、そんな場所を見ていれば、自然に昂ってしまうのも当然と言える。

いったん、股間から目を離して静佳の顔を見ると、彼女は小さく頷《うなず》き、また自分の口に手の甲を押し当てた。

そこで、秘唇に口を近づけると、女性の匂いがほのかに漂ってくる。

その芳香に誘われるように、幹久は躊躇することなく秘裂に舌を這わせた。

「レロ、レロ……」

「んむうっ！　んっ、んんんっ……！」

たちまち、バツイチ爆乳美女がくぐもった喘ぎ声を部屋に響かせて、背を大きく反らした。これだけで、かなり感じていることが伝わってくる。

そう分かると、妙な嬉しさが込み上げてくるのを抑えられない。

幹久は、昂りのまま割れ目を両手の親指で割り開いて、シェルピンクの肉襞を露出させた。そして、媚肉《びにく》に舌を這わせる。

「レロロ……ピチャ、ピチャ……」

「んふううっ！　んんんっ、んっ、ふむうっ！　んんんっ、むぐううっ……！」

襞を舐めだすと、爆乳美女の反応がいちだんと激しくなった。

「んはあっ、ねえ？　ああっ、んんっ……！」

幹久が媚肉を舐め続けていると、静佳が何か言いたげにした。しかし、クンニリングスが続いていて大声が出そうになったらしく、すぐに自分の口を塞ぐ。

ただ、それでも幹久は新たな指示があると気付いて、秘裂から口を離した。

「んあああ……オマ×コ、気持ちよすぎぃ。もう、我慢できないわぁ。早く、オチ×チンを挿《い》れてちょうだぁい」

「えっと……その、僕、すぐに出ちゃいそうなんですけど？」

彼女の求めに、幹久は情けなさを抱きながら、そう応じていた。

何しろ、一物はズボンの奥で限界までいきり立ち、ヒクついているのだ。おそらく、少しの刺激で先走りが溢れ出し、射精してしまうのは間違いあるまい。当然、挿入などしたら、あっという間に達してしまうはずだ。

「構わないわぁ。何度でも、わたしの中に出していいからぁ。だから、早くぅ。わたしも、もう我慢できないのぉ」

静佳が、甘い声でそう促してくる。

このように言われては、幹久としてもこれ以上は拒めず、「分かりました」といったん身体を起こした。そして、いそいそとズボンとパンツを脱ぎだす。

その間に、爆乳美女は布団の上にバスタオルを敷き、フェイスタオルを枕元に置くと浴衣を羽織ったまま四つん這いになった。

「今日は、バックからお願ぁい」

幹久が下半身を露出させたのを見て、静佳が腰をくねらせながら、そうリクエストを出してくる。

そこで、幹久は彼女の後ろに行き、浴衣をめくってふくよかなヒップを露わにした。

月明かりの下で見る爆乳美女のヒップからは、芸術的な美しさが感じられる気がして見とれそうになったが、ここで止まっているわけにはいかない。

幹久は、一物を秘唇にあてがい、「じゃあ、挿《い》れます」と声をかけてから、腰に力を込めた。

すると、陰茎が割れ目にズブリと入り込む。

「あうっ！　んんんっ！」

一瞬、甲高い声をこぼした静佳だったが、すぐに突っ伏して手元のフェイスタオルを嚙む。

（くうっ。静佳さんの中、すごくヌメっていて、チ×ポに絡みついて気持ちいい！）

挿入しながら、幹久は膣肉の心地よさに内心で呻き声をあげていた。

彼女の中は既に味わっているものの、一発出さずに挿れたせいか、前回よりもはっきりと膣の感触が感じられる気がする。

正直なところ、こうしているだけで射精してしまいそうなくらい昂っていたが、幹久はどうにか気持ちを抑えて最後まで挿入した。

「ふはあっ。やっぱり、すごいわぁ。ガチガチのオチ×チン、奥まで届いてぇ……」

こちらの動きが止まると、タオルから口を離した静佳が、陶酔した声でそんなことを口にする。彼女のこの甘い声を聞くだけで、興奮がますます高まってしまう。

「あの、本当にすぐ出ちゃいそうなんですけど？」

「いいわよぉ。好きなだけ、わたしの中に濃いミルクを出してぇ」

こちらの不安に対して、爆乳美女が艶《つや》のある声でそう応じる。

このように言われてしまうと、もはや我慢などできっこない。

「じゃ、じゃあ、遠慮なく……」

と言って幹久が腰を摑むと、彼女もすぐに再びタオルを咥える。

それを確認してから、幹久は抽送《ちゅうそう》を開始した。

「んんっ！　んっ、んっ、んむっ、んんっ、んっ……！」

ピストン運動に合わせて、静佳がくぐもった喘ぎ声をこぼす。

同時に、一物から伝わってきた膣肉の蠢《うごめ》き具合から考えて、彼女が相当に感じているのは間違いなさそうだ。タオルを咥えていなかったら、宿全体に響き渡るような大声が出ていたかもしれない。

ただ、こうして籠《こ》もった声を聞きながらバックから突いていると、無理矢理犯しているような背徳感が湧いてきて、それがますます興奮を煽り立てる。しかも、膣肉の蠢きによって分身に甘美な刺激が与えられているのだ。

もともと射精寸前まで昂っていたこともあり、幹久はもう何も考えられず本能のまま射精に向けて腰を振り続けた。

「んんっ！　んっ、んむっ、んふっ、んっ、んんっ……！」

後背位だと顔は見えないが、くぐもった声のトーンから静佳がこちらの荒々しい腰使いでもしっかり快感を得ているらしい、と判断はつく。

そう意識した途端、あっという間に限界が訪れて、幹久は「ううっ」と呻くなり彼女の子宮に大量の精を注ぎ込んだ。

「んんんんっ！」

爆乳美女も、身体を震わせてスペルマを受け止める。

（くうっ。オマ×コの中がうねって、精液が搾《しぼ》り取られるみたいだ）

そんなことを思いながら、幹久は改めて中出しの心地よさに浸っていた。

そうして、永久に続くように思われた射精が終わると、子宮に入りきらなかった白濁液が逆流して、結合部から溢れてバスタオルにボタボタとこぼれ落ちる。

あらかじめバスタオルを敷いていなかったら、シーツに大きなシミができて大変なことになっていただろう。

「んはあ……はぁ、はぁ……」

静佳も軽く達したのか、タオルを口から外し、荒い息を吐いている。

（今日は、これで終わりかな？）

正直、一発出した程度で幹久の興奮は収まっていなかった。しかし、今の爆乳美女の様子を見ると、続けることにはためらいがある。

若干の不満を抱きながら腰を引こうとしたとき、その気配を察したらしく静佳がこちらを見た。

「んあ……幹久くん、オチ×チン硬いままだからぁ、まだ大丈夫でしょう？　さっきも言ったけどぉ、何度出してもいいから、このまま続けてぇ」

「えっ？　あの……いいんですか？」

「ええ。わたしも、ちゃんとイキたいからぁ」

幹久の問いに、彼女が笑みを浮かべながら応じる。

（中が精液まみれなんだけど、本当に抜かないでいいのかな？）

という不安に似た思いはあったが、こちらも一度の射精では物足りなかったのだから、爆乳美女の求めは渡りに船と言える。

「それじゃあ……続けますよ？」

と、幹久が訊くと、静佳がまたタオルを口に含む。

それを確認してから、幹久は改めてピストン運動を始めるのだった。

4

現在の温泉旅館「美海亭」の従業員は、阿久津家の面々と料理長と弟子の料理人、それに伊織が基本メンバーである。今は、オーナーの満夫が入院で不在だが、その代わりに幹久が加わったため、人数的な増減はゼロだ。

部屋数が少ないので、この人数でもギリギリで大丈夫なのだが、必要最小限ということもあり、旅館が営業している限り、なかなか休みを取れない。伊織は週に一日の休みがあるものの、料理人は休むのが難しいのだ。

そのため、宿泊業にとってかき入れ時の時期ながら、「美海亭」では夏のこの期間にあえて一日だけ休館日を設けていた。

二昔くらい前までならば、夏休みシーズンの休業などあり得なかったかもしれない。しかし、今は法的な問題はもちろんのこと、忙しいときに一日だけでも全面的な休日を設けて心身をリフレッシュさせたほうが、働きづめよりも結果的に効率が上がる、と考えているそうだ。

それに女将の優子が、遠方の病院に入院中の夫をゆっくり見舞う時間も必要だろう。

ちなみに、連泊の静佳は宿にいるわけだが、この日だけは食事を含めてサービスの提供がないことを、あらかじめ了承してもらっているそうだ。

(で、せっかくの休みだから、俺も涼しい部屋でゴロゴロして身体を休めよう、と思っていたのに……どうしてこうなった?)

昼前、海水パンツ姿になった幹久は、海水浴場の砂浜にビーチパラソルを立て、レジャーシートを敷きながら今さらのようにそんなことを思っていた。

部屋でのんびりの予定が海水浴になったのは、優子の指示によるものだった。昨夜、休館日の予定を聞かれたとき、「部屋で休んでいようかと」と答えたところ、「だったら、帆奈美たちを海水浴に連れて行って」と言われたのである。

娘と未亡人仲居のリフレッシュはもちろんだが、一人客の静佳が海水浴に行きづらそうにしていたため、優子が気を利かせて提案したらしい。

無論、宿から海水浴場まで徒歩十五分ほどなので、単に「海水浴場に行く」だけなら問題はあるまい。しかし、この時期は友人同士、あるいは家族連れやカップルが溢れているのだ。そんな中に一人では行きづらい、という心理は、同じ境遇の幹久にも痛いほど理解できる。

それでも、当初は面倒なので断ろうか、と思っていた。が、「女性だけだと色々心配だから」と言われては、さすがに強く拒めなかった。

実際、肉体関係を持った爆乳美女は言うに及ばず、伊織も、そして帆奈美も充分過ぎるくらい美人である。この三人で海水浴をしていたら、ナンパ目的の男たちが群がってくる事態は大いに考えられた。

しかも、そういう人間が紳士的とは限らず、もしも集団で強引な手段を執《と》られた場合、女性だけでは抗《あらが》えない可能性がある。だが、それなりの背丈《せたけ》で筋肉質な体つきの幹久が近くにいるだけで、その手合いへの牽制《けんせい》にはなるだろう。

それに、静佳や伊織はもちろん、帆奈美の水着姿を拝めるというのも魅力的だ。

　こうして、幹久は海水浴に付き合うことにしたのである。

　と、昨夜のことを思い出しつつ、ビーチパラソルとレジャーシートの準備を終えたとき、いいタイミングで「幹久くん、お待たせ～」と未亡人仲居の声が聞こえてきた。

　振り向くと、水着姿で荷物を持った三人の美女が、こちらにやって来るところである。

　しかし、幹久は彼女たちの姿に、返事をするのも忘れて目を奪われていた。

　伊織は未亡人ということもあるのか、ジオメトリック柄の身体を隠すキャミソールタイプの水着を着用している。ただ、上半身は隠れているが黒いアンダーは見えているので、パンチラしているような煽情的な色気が漂っている。

　それに、私服姿も多少は見ているので想像はついていたが、彼女はなかなかの巨乳の持ち主だった。普段の仕事は、二部式着物でしているため胸のボリュームを抑えているのだが、こうして水着姿で見ると、さすがに静佳ほどではないものの男の目を惹きつけるには充分な大きさだと、よく分かる。

　加えて、いつもは仕事に差し支えないようアップにしているセミロングの髪を、今は下ろしているため、通常と違う魅力が感じられた。

　そして、静佳はホルターネックで上下共に濃紺のビキニの水着を着用し、白いカーディガンを羽織っていた。それでも、お淑やかそうな顔立ちとはミスマッチな、かなりの露出度の高さと言えるだろう。

また、水着とカーディガンの色のコントラストが、バストの大きさと相まって彼女のセクシーさをいっそう引き立てているように見える。

さらに、圧倒的な存在感を誇る胸は、面積が広めの布地でしっかり包まれていながらも、歩くだけでユサユサと揺れるため、いちいち目を惹いてやまない。

（ほんの数日前に、あのオッパイをじかに触って、それに……）

そんなことを思うと、抑えられないくらいの興奮が湧いてきそうになる。

そのため、慌てて目を向けた帆奈美はというと、肩から胸回りにかけて大きなフリルのついた上下とも淡い青色のビキニ姿だった。フリルは、ブラトップの上半分を隠しているが下は見えており、それが可愛らしさとセクシーさを両立させているように感じられる。また、胸元が緩《ゆる》やかなV字になって谷間の上部が見えているため、フリルがバストを絶妙に強調しているようにも見える。

加えて、腰の両側が紐で結ばれたショーツも、面積が小さすぎるわけではないが充分すぎるほどに刺激的だ。

それに、彼女は下ろした髪を後ろで束ねてローポニーテールにしており、他の二人と違って少し恥ずかしそうに歩いていた。ただ、それが旅館の二部式着物や普段着のときとは、また異なる魅力を醸し出しているように思えてならない。

とにかく、三人の誰を見ても魅力的で、しかも水着姿なのだ。これは、生の女体を知ってまだ日が浅い若者には、いささか刺激が強すぎる。

「幹久くん、パラソルとシートの用意、ありがとうねぇ」

「男の子の着替えは早いから、お願いしておいて正解だったわね」

静佳と伊織が、近づいてきながらそう声をかけてくる。

「いえ。こ、これくらいは……」

幹久は、三人から目を背《そむ》けながらモゴモゴと応じた。彼女たちを真正面から見ていては、海水パンツに見事なテントが張ってしまいそうなので、それを避けるには視線を完全にそらすしかない。

そうして周囲を軽く見回すと、そこかしこの男性たちがこちらを見ていた。中には、隣の女性に怒られている男もいる。美女が揃っていることもあろうが、おそらく大半は静佳のバストに目を奪われているのだろう。

加えて、嫉妬や殺意にも似た感情の籠もった目を向けている男もそこかしこにいる。これは、美女たちと親しそうな幹久に対するもので間違いあるまい。

（まぁ、もしも俺が同じ構図を目撃しても、ハーレム状態の男に嫉妬していただろうし、ああいう目で見られるのは当然かもしれないけど……)

しかし、実際に三人の美女に囲まれている身からすると、なんとも言えない居心地の悪さを感じずにはいられない。しかも、そのうち一人とは二度も身体の関係を持っているのだ。

「もう、幹久くん？　帆奈美ちゃんの水着に、何か言ってあげたら？」

伊織にそう声をかけられて、幹久は我に返って反射的に又従妹を見た。

少し離れて立っている帆奈美は、恥ずかしそうな、それでいて不安そうな表情でこちらを見ている。

「えっと……いいんじゃないかな？　似合っていると思うよ」

「そ、そうかな？　本当に、似合ってる？」

幹久が、どうにか感想を絞り出すと、彼女はやや顔を輝かせつつも、なお自信なさげに訊いてきた。

「うん。その、すごく帆奈美ちゃんらしいと思う」

「ええ、そうかなぁ。えへへ……」

たちまち破顔した帆奈美が、照れくさそうに身体をくねらせる。

そんな態度が、またなんとも愛らしく思えて、自分の中の欲望を抑えるので精一杯になってしまう。

（くうっ。本当に、帆奈美ちゃんは可愛くて……静佳さんと伊織さんが一緒じゃなかったら、思い切って抱きしめたいよ！）

しかし、年上美女たちが一緒にいて、しかもここは人目の多い海水浴場である。さすがに、衆目の前でそこまで大胆な行動に出られるほど、幹久は図太い神経を持ち合わせていなかった。

「幹久くぅん、わたしの水着はどう？」

不意に、横から静佳が甘えるように言って、腕に胸を押しつけてきた。

すると、水着に包まれた爆乳の谷間に挟まれた腕から、女体のぬくもりと乳房の柔らかな感触が広がる。

「うわっ！　ちょっ……し、静佳さん!?」

慌てて彼女のほうを見ると、バツイチ爆乳美女が悪戯《いたずら》っ子のような笑みを浮かべてこちらを見ていた。

これは、褒め言葉を期待しているというより、水着の感想を口実に幹久に密着することが目的なのだろうか？

ただ、このようにされて彼女の体温やバストの感触を味わうと、二度のセックス経験がたちまち甦り、牡の本能が鎌首《かまくび》をもたげてきてしまう。

「もうっ。静佳さん、何やってるんですか!? こんな場所で、不謹慎ですよ！」

幹久が言葉もなく硬直していると、帆奈美が強引に二人の間に割って入り、静佳を引き剝《む》がした。

そうして、ぬくもりと柔らかさが失われたことに、安堵と同時に無念さも覚えずにはいられない。

「あらあら、残念。うふっ、二人にはちょーっと刺激が強すぎたかしらぁ？ それじゃあ、わたしは売店でお酒とおつまみを買ってくるわねぇ」

静佳は、意外なくらいあっさり引き下がると、そう言って手を振りながら売店が並んでいるほうへと歩きだす。

ただ、そのときに彼女がカーディガンの前を閉め、胸を多少なりとも目立たないようにしたのは、いったいどういう意味があるのだろうか？

「前から思っていたけど、静佳さん、やっぱり宿に来た頃とは随分と変わったわよねぇ？ お客様の事情に、自分から首を突っ込もうとは思わないけど、別れた旦那さん以外に、いい人でもできたのかしら？ 幹久くん、何か知らない？」

傍らで状況を見ていた伊織が、そんなことを口にした。確証はないのだろうが、仲居歴八年の彼女の言葉は、かなり核心に近いところを衝いている。

そのため、話を振られた幹久はドギマギしながらもすっとぼけて、「さあ？」と首を傾げるので精一杯だった。さすがに、「僕のチ×ポを気に入って、色々吹っ切れたらしいですよ」とは言えないので、ここは知らぬ存ぜぬを貫くしかあるまい。

「そう。ま、いいけどね。それより……ほら、帆奈美ちゃん。ちょうどいいから、ここで言っちゃいなさいよ」

と、伊織が肩をすくめてから妹分に声をかける。

すると、又従妹が「ええー」と困惑したような声をあげ、それから少しモジモジして上目遣いに幹久のほうを見る。

一見すると、昔と違って積極的になったように見える帆奈美だが、こういうところに引っ込み思案気味だった頃の面影が見え隠れする。

それでも彼女は、ややためらってから意を決したように口を開いた。

「あ、あの……幹久くん？　もう少ししたら、夏祭りがあるでしょう？　子供の頃、おじさんとおばさんと一緒に行ったのを、覚えているかな？」

「うん、もちろん」

又従妹の問いかけに、幹久は首を縦に振って応じていた。

K町では、八月のお盆前に夏祭りが開かれるのが恒例行事となっている。昔は、神社の境内《けいだい》で行なっていたらしいが、増えた客を捌《さば》ききれなくなり、桜祭りの会場としても使われている桜並木通りを使用するようになったのだ。

当日は、数多くの屋台が出店して規模の大きな花火大会もあるため、今やK町の夏の風物詩になっている。

幹久も、「美海亭」へ泊まりに来たときは、タイミングが合えば祖父と両親に帆奈美も加えて夏祭りに行っていた。

何しろ、祭りが開催されている時間帯は宿の夕食と被っているため、満夫も優子も手が離せない。そのため、幹久の両親が許可を取って帆奈美も連れて行くようになったのだ。そして、仲がよかった二人の子供は、一緒に祭りを楽しんだのである。

もっとも、父親の仕事の都合や宿の予約状況もあって、必ずしもその時期に来られるとは限らなかった。それでも、祭りがあるときに「美海亭」に行けると決まったときは、幹久も「帆奈美ちゃんと出かけられる」と喜んでいたものである。

「えっとね……夏祭り、せっかくだから、その、また……一緒に行かない？」

モジモジしながら、帆奈美がそう言葉を続けた。

「えっ？　でも、宿の仕事があるから祭りには行けないんじゃない？」

幹久が疑問をぶつけると、

「それはもちろん、最初からは無理だけど、途中からなら調整すれば大丈夫。ねっ、伊織さん？」

と、帆奈美が先輩仲居に話を振る。

「ええ。祭りの当日だけなら、女将さんとあたしだけでもなんとかできるわ。それに、今なら子供の頃より遅い時間に出かけられるでしょう？　あたしも、旦那が生きていた頃に、女将さんの厚意で夏祭りに行かせてもらったことがあるわ」

「ああ、なるほど」

幹久には、帆奈美の両親が忙しくて娘を夏祭りに連れて行けなかった、という記憶しかなかった。そのため、仕事をしていたら行けない、と思い込んでいたのである。

だが、よくよく考えてみれば、最後に夏祭りに行ったのは幹久が小学四年生頃だったはずだ。又従妹は一歳下なので、さすがに帰りが遅くならないように早めに出かける必要がある。すると、夕食の準備時間と見事にバッティングするので、結果的に彼女の両親は身動きが取れなかったのだろう。

しかし、今は幹久が二十歳、帆奈美も十九歳なので、少し遅い時間に出かけて帰りが多少遅くなっても、まったく問題はあるまい。

それに、二人がまとめて抜けるのも、一日だけならばどうにか無理が利くようだ。

「じゃあ、久しぶりに行こうか？」

「本当に？　やった。約束だからねっ？」

こちらの返事に、帆奈美が小さなガッツポーズを作りながら笑顔を見せる。

（くうっ。帆奈美ちゃんは、いちいち可愛いなぁ。これは、一緒に祭りに行くのが楽しみに……って、二人で出かける？　それって、本当のデートじゃないか⁉）

静佳と並木道を歩いたのは、デートか微妙なものだった。しかし、異性と約束して祭りに出かけるのは、誰がどう見てもデートになるだろう。むしろ、これが違う、と言うのなら何をもって「デート」と呼ぶのか、分からなくなりそうだ。

今さらのようにそのことに思いが至ると、幹久は子供の頃にはなかった緊張感と胸の高鳴りを覚えずにはいられなかった。

5

その日、昼過ぎから長めの休憩時間をもらうなり、幹久は優子に「ちょっと出かけてきます」と声をかけて、私服に着替えると逃げるように「美海亭」から出た。

宿にいると、やたらと絡んでくるようになった静佳はもちろん、帆奈美のことも気になって落ち着かなくなってしまう。そのため、いっそ外出したほうが気楽なのだ。

今日は、伊織が休日でいなかったので、幹久も掃除などの仕事量が増えて朝から慌ただしかった。そのぶん、休憩時間くらいは身体だけでなく心も休めたい、という思いがある。

とはいえ、「美海亭」からの徒歩圏内には、娯楽施設どころかコンビニやファミレスすらなかった。

また、K町内にある喫茶店はほぼ個人経営の店で、全体的に格安チェーンのカフェよりも値段が高い。東京にいても、節約のため格安カフェにすら滅多に入らなかった人間にとって、そうした店の価格はハードルも高く思えるのだ。

ただ、今日も猛暑なので、外でお金を使わずに少しでも暑さをしのごうとすると、結局は静佳と来た桜並木の通りの散策くらいしか、やることがないのも事実である。

何しろ、並木道は川沿いで、しかも木々が影を作っているため、炎天下で涼むにはいいところなのだ。

もっとも、幹久と同じように考えたのか、並木道には木陰にたたずんでいる人がそれなりにいた。

（そういえば、ここって夏祭りの会場になるんだよな。ここで、帆奈美ちゃんと祭りデート……）

夜、屋台が並んだこの並木道を、浴衣姿の帆奈美と肩を並べて歩く。

その光景を想像しただけで、自然に胸が高鳴ってきてしまう。

静佳とも散策したところだが、帆奈美と祭りの日に来ることを考えると、当日が楽しみに思えて仕方がない。

「あれ？　幹久くんじゃない？　どうしたのさ、こんなところで？」

不意に、後ろから伊織の声がした。

そのため、半ば反射的に振り向いた幹久は、一回り年上の未亡人の姿を見た途端、息を呑んでいた。

カラフルな日傘を持った彼女は、淡い青の生地に濃い青色の金魚が描かれた浴衣姿だったのである。静佳ほどではないがボリュームのある胸も、今は目立たないように抑えられており、腰に巻かれた紫色の太い帯が布地の色とのコントラストを際立《きわだ》たせている。それに、やや脱色して茶髪気味の髪とも、よく合っている気がする。

もちろん、仕事着が二部式着物なので伊織の和装姿は見慣れていた。しかし、まったく違う色合いの浴衣を着用し、白いピンポンマムの髪飾りを付けて髪をアップにしていると、普段とは異なる雰囲気に思えてならない。

「幹久くん、ボーッとして大丈夫？」

と訊かれて、幹久はようやく我に返った。

「あっ……と。その、僕は休憩で、ちょっと散歩に来たんですけど……伊織さんこそ、その格好はいったい？」

「ああ、これね。前に、海で夏祭りの話をしたじゃない？　そうしたら、旦那と祭りに行ったときのことを思い出してさ。あたしは仕事だし、どのみち一人じゃ寂しいから行く気もないんだけど、今日はせっかくの休日だから、会場になる場所で少しでもお祭り気分を味わえたら、と思って着てみたわけ」

こちらの質問に、伊織が少し寂しそうな笑みを浮かべながら応じる。

（なるほど、旦那さんとの思い出が……）

彼女の夫は、出張中に交通事故に遭って死んだそうだ。愛する人を急に失っただけに、表面的には割り切った素振りを見せていても、おそらく彼への思いが、心の中で未だにくすぶり続けているのだろう。

そう思うと、自分の存在が彼女の邪魔をしているような、罪悪感にも似た気持ちが湧き上がってくる。

「なんか、すみません」

「幹久くんが謝ることはないわ。あたしのほうから、声をかけたんだし。あ、でも申し訳ないと思うなら、このまま一緒に歩いてもらっていいかな？」

幹久の謝罪に対して、彼女が思いがけないことを口にした。

「えっ？　い、いいんですか？」

「ええ。浴衣姿の人は多少いるけど、やっぱり一人で歩いていると、さすがにちょっとねぇ」

と、伊織が肩をすくめる。

なるほど、このあたりには多くの温泉宿があり、中には「美海亭」と同様に浴衣の着付けサービスをしているところもある。だからなのか、カラフルな浴衣姿の女性がチラホラといた。ただし、その大半はカップルか女性同士のグループで、一人というのは皆無である。

もちろん、伊織は地元民で旅館の従業員だ。しかし、傍からそんなことは分からないので、独り身の旅行客が浴衣姿で寂しく歩いているように受け取られる可能性は充分にある。人の目など気にしなければいい話だが、気になってしまう気持ちも幹久には理解はできた。

（旦那さんとの思い出に浸りに来たのに、他の男と歩いて本当にいいのかな？　まぁ、伊織さんがいいって言うんなら、俺が気にする必要はないか？）

そう考えて、幹久は「分かりました」と首を縦に振り、巨乳の未亡人仲居と肩を並べて並木道を歩きだした。

だが、そうしてふと彼女を見た途端、幹久は心臓が再び大きく飛び跳ねるのを抑えられなかった。

伊織の浴衣姿が似合っている、というのはもちろんなのだが、髪をアップにしたことで衿から見えている白いうなじが、なんとも色っぽく思えてならなかったのである。

幹久は、浴衣そのものの色気も好きだった。ただ、特に長い髪を上げたときに見える女性のうなじにも、なんとも言えない魅力を感じていた。

しかし、静佳のようなボブカットなど短い髪では、こんな感情は湧いてこない。

喩《たと》えるなら、短髪のうなじはビキニの水着、長髪のアップで見えるのは下着という感じだろうか？　身体を隠す面積に大差はなくても、人に見られることを前提にしたものと、上に服を着ることを前提にしたものとでは、見えたときのありがたみに違いがある。それと同じような感覚だ、とでも言えばいいかもしれない。

もちろん、旅館の二部式着物でも髪をアップしているので、未亡人仲居のうなじはそれなりに見慣れている。それでも、カラフルな浴衣とうなじの組み合わせの破壊力は、想像していた以上のものと言えた。

そのため、生の女体を知って間もない牡の本能が心の中で暴れだし、彼女にむしゃぶりつきたい衝動が湧き上がってくる。

（いやいや。未亡人とはいえ、伊織さんにそんなことできるわけがないじゃん）

と、幹久はどうにか欲望を抑え込んだ。

そもそも、静佳と関係を持ったことにすら、未だに思い悩んでいるのである。もしも、この上目の前の未亡人と肉体関係を結んだら、自分がこれからどうしていいか、ますます分からなくなってしまいそうだ。

「幹久くん、またボーッとしているけど、大丈夫？　もしかして、暑さでやられかけている？」

そう伊織から声をかけられて、幹久は我に返った。

確かに、今日は陽射しが強く気温も高いので、このような心配をされるのは当然かもしれない。ただ、さすがに「浴衣姿の伊織さん（特にうなじ）に見とれていました」などと言えないので、

「あっ……い、いや、その……」

と言葉に詰まってしまう。

「熱中症だったら大変だし……あっ、そうだ。ここからなら、ウチのほうが『美海亭』に戻るよりも近いし、一休みしていけばいいわ。冷たいお茶もあるし。ねっ、そうしましょう？」

そう言った彼女に手を取られると、幹久の心臓がまたしても大きく高鳴る。

とはいえ、強引に振り払う理由も思い浮かばず、幹久はそのまま彼女が住むマンションへと行くことになった。

K町は、早咲きの桜が有名で観光客こそ多く来るものの、町の人口自体は減少傾向が続いている。そのため、住宅価格は全体的に安く、町内も一軒家が目立つ。それでも、マンションも数は少ないながらあって、中古ならばかなり広めのところを割安で購入できるそうだ。

前に聞いた話によると、伊織たちは当面マンション暮らしをしつつお金を貯め、子供の人数次第でいずれK町内に一軒家を購入する計画を立てていたらしい。結局、子供ができる前に夫が事故死したため予定は頓挫《とんざ》し、彼女は彼との思い出が詰まったマンションで一人暮らしを続けている、とのことだった。

そんな話を思い出している間に、幹久は五階建てのマンションの最上階にある伊織の部屋へと足を踏み入れていた。

玄関に上がって、廊下の右側が広いリビングルームになっているとのことで、そのドアを開ける。すると、つけっぱなしにされていた冷房の冷気が身体を包み、火照《ほて》りを一気に取ってくれた。

このマンションは、建てられてからそこそこの年月が経っているらしいが、中は意外なくらい新しく見える。おそらく、購入時にしっかりリフォーム工事をしたのだろう。

「今、お茶を出すから、ちょっと散らかっているけど適当に座っていて」

と、幹久に続いてリビングに入ってきた伊織が声をかけてきた。

確かに、リビングルーム内は読みかけの雑誌がソファ前のテーブルの上に置かれていたりと、来客を想定していなかった様子が窺《うかが》える。ただ、幹久のアパートの部屋と比べれば、充分すぎるくらい綺麗だ。

と言うより、窓から洗濯物が見える以外は、驚くほど生活感が薄く感じられた。もっとも、伊織は休日以外、朝から晩まで「美海亭」で働いており、食事も宿でしている。そのため、基本的に家では入浴して寝るだけになって、いつもはソファでくつろぐことすらあまりないのかもしれない。

（だ、だけど、洗濯物……下着が……）

幹久は、ソファに腰を下ろしながら、ついつい窓のほうに目を向けていた。

外に干されている洗濯物には、Ｔシャツやパジャマ、それに彼女が通勤時などに着ているシャツ類のみならず、下着も含まれている。

ベージュの和装ブラはもちろん、往復の私服時に着用しているのであろう、赤色に黒いラインが入ったブラジャーや白いレースのブラジャー、白や淡いピンクのローライズショーツなどは、普段は目にすることがないものである。それだけに、つい目を奪われてしまう。

「お待たせ、幹久くん。って、干している下着をガン見するなんて、ちょっとデリカシーに欠けているんじゃない？」

麦茶の入ったコップを持ってきた伊織から、からかうように声をかけられて、幹久はようやく自分が何をしていたかに気付いた。

「あっ。その……す、すみません」

「ふふっ、冗談よ。二十歳なんて、まだ年頃の男の子って感じなんだし、女性の下着に目が行っちゃうのは仕方がないわよね。それより、お茶をどうぞ」

謝罪した幹久に対し、気にする素振りも見せずに浴衣姿の未亡人がそう応じながら、テーブルを挟んだ正面に立ってコップを置く。

こういう寛大さは、彼女のもともとのパーソナリティなのか、それとも数年程度とはいえ結婚生活を経験した、年齢的にほぼ一回り上ならではの余裕なのか？

そんなことを考えながら、幹久は出されたお茶に口をつけた。

氷入りの麦茶を喉に入れると、身体が内側から冷やされていくのが分かる。

（はぁ〜、生き返る。自覚はなかったけど、暑さで少し参っていたせいで、変なことばっかり考えていたのかな？）

と思いつつ、幹久が再び麦茶を口に入れようとしたとき。

「ところで、幹久くんは静佳さんと、いつからいい仲になっていたの？」

伊織から、いきなり核心を衝く質問をされて、幹久は驚きのあまり思わず麦茶のコップを落としそうになった。口に麦茶が入っていたら、おそらく漫画などのように思い切りブッと吹き出していただろう。

「な、な、なんで、それを？」

「二人の様子を見ていたら、なんとなくそうじゃないかって気がしたんだけどね。やっぱり、エッチしていたんだ？」

動揺する幹久に対して、伊織がややジト目になって応じる。

前に聞いた話によると、彼女は「美海亭」の仲居として八年、その前もずっと接客のアルバイトをしていたそうだ。そうであれば、観察眼が磨かれて、他者の関係の微妙な変化を見抜けるのも、当然かもしれない。

もっとも、少し前まで食堂で同じく接客のアルバイトをしていた幹久は、そこまでの観察眼を持つには至っていないが。

「……まぁ、その……はい。色々あって、雰囲気に流されたっていうか……」

誤魔化しようがなくなって、幹久は頭を掻きながらそう口にしていた。

「はぁ。帆奈美ちゃんと女将さんは、まだ気付いてないみたいだけど、これからどうするつもりなの？」

と、巨乳未亡人が呆れたように訊いてくる。

又従妹の態度から、おそらく気付かれていまいと思っていたが、どうやら伊織もそう感じていたらしい。それに、女将の優子も何かと忙しいこともあって、幹久と静佳の関係については今のところ察していないようである。

「えっと、帆奈美ちゃんとは付き合っているわけじゃないから、話すべきか迷っていて……それに、静佳さんは僕と付き合いたいんじゃなくて、欲求不満の解消をしたかっただけ、みたいな……」

その幹久の返事に、浴衣姿の未亡人が考え込む素振りを見せた。

(伊織さん、おばさんや帆奈美ちゃんにこのことを話すか、考えているのかな？)

もちろん、成人した独身男女が合意の上でしたことなので、犯罪どころか不倫ですらないが、行為に及んだ場所を考えたら道義的な責任は免れられまい。おそらく、静佳は以後の宿泊を拒否され、幹久もクビになって東京に強制送還させられるだろう。

さらに、帆奈美との関係が完全に終わってしまうのも確実だ。そのような事態は、なんとしても避けなくてはなるまい。

「あの……このことは、できれば誰にも話さないでおいてもらえると……」

幹久が怖《お》ず怖ずと口を開くと、伊織が目を開けてこちらを見た。

「ああ、そうねぇ。うん、条件次第かしら？」

何やら思いついたように、口元に笑みを浮かべて彼女がそう答える。

(条件？　いったい、どんな条件なんだ？)

不安を抱きながら、幹久は次の言葉を待った。

「心配しなくてもいいわ。あたしとも、エッチしてもらいたいだけだから」

「はぁ!?　な、何を言っているんですか、伊織さん？」

あっけらかんと予想外の提案をされて、幹久は素っ頓狂な声をあげていた。

「そんなに驚かないでよ。正直、旦那が死んでからセックスとはご無沙汰なんだけど、これでも性欲はあるわけ。でも、一人でしていてもなんか物足りない感じが、ずっとしていてさ。かといって、この町で新しい出会いなんてそうそうないし、料理長とか木下《きのした》さんは既婚だから論外だし、実はけっこう欲求不満になっていたのよねぇ」

と、未亡人の巨乳仲居が肩をすくめながら、理由を説明する。

彼女の言葉に出てきた「木下さん」は、料理長の助手を務める料理人である。三十歳で、年齢的には伊織とほぼ同世代なのだが、一年前ほど前に結婚して妻とラブラブだ、という話は幹久も聞いていた。

また、料理長は現在四十五歳で、妻と高校一年生の息子に中学一年生の娘がいて、家族関係はとても良好らしい。

さすがに、伊織もそういう相手と不倫してまで自分のフラストレーションを解消しよう、とは思わなかったらしい。

そこに幹久が来て、しかも帆奈美以外の女性と関係を持ったというのだ。欲求不満の彼女にとっては、まさに好都合だったのに違いあるまい。

「あの……ほ、本当にいいんですか？」

幹久は、困惑しながらそう訊いていた。

童貞の頃であれば、巨乳の未亡人から誘惑されても、生来の生真面目さ故に「ダメです、そんなこと」と口にしていただろう。しかし、爆乳美女と二度のセックスを経験しているせいか、今は彼女の本気度を知りたい、という気持ちが先に立っていた。

確かに、幹久には帆奈美という心惹かれる相手がいる。だが、伊織も子供の頃から知っている女性で、「一回り上の綺麗な大人のお姉さん」という意識でずっと見ていたのだ。そんな人間からの誘惑を、生の女性を知ってまだ日が浅い青年が、強く拒めるはずがあるまい。

「もちろんよ。じゃあ、証拠に……」

そう言うと、テーブルの向こうに立っていた伊織が、浴衣の帯をほどいた。そして、帯板を外し、腰紐を取り、浴衣の前をはだけて長襦袢や腰に巻かれたタオルを露わにする。さらに、それらもはだけると、フロントファスナーの和装ブラとピンクのラッピングヒップショーツが姿を見せる。

そうして下着を露わにすると、彼女はテーブルを回り込んでソファで目を丸くしている幹久にまたがってくる。それから、浴衣を羽織ったままの未亡人は顔を近づけ、ためらう様子もなく唇を重ねてきた。

6

「んじゅる……んむ、んむ、んじゅる……」

エアコンの作動音と、外からのセミの鳴き声が聞こえてくる中、二枚の舌が絡み合う粘着質な音と伊織の吐息のような声が室内に響く。いや、実際にはそこまで音は大きくないのだが、幹久の耳にはそれくらい大きく聞こえていた。

（ああ……ディープキス、やっぱり気持ちいいなぁ）

牡の本能に支配され、帆奈美への罪悪感をすっかり忘れた幹久は、そんなことを思いながら自らも舌を動かして快感を貪っていた。

「んんっ……ぷはあっ」

しばらく舌を絡めていた未亡人が、さすがに苦しくなったのか、唇を離して大きく息をつく。

二人の唇の間に唾液《だえき》の糸が伸び、フッツリと切れる生々しい光景が、牡の興奮をいっそう煽ってやまない。

「ねぇ？　ブラの前、開けてくれるかな？」

「えっ？　あ……は、はい」

興奮で思考が停止状態だったため、一瞬、伊織に何を求められたか理解できなかったが、すぐに彼女の意図に気付いた幹久は、上擦《うわず》った声でそう応じていた。

(そういえば、初めてのとき静佳さんは、自分でブラジャーのファスナーを開けちゃっていたな。二回目は、ノーブラだったし)

つまり、これが自分の手で胸を露わにする初の機会ということになる。

そう意識すると、さすがに緊張せずにはいられなかった。

とはいえ、ここで「できません」と応じる選択肢などあり得まい。

意を決した幹久は、和装ブラのファスナーに手を伸ばした。そして、引き手を摘《つ》まむと、思い切って引き下ろす。

前が解放されるなり、押さえつけられていた二つのふくらみが、ボンッと音を立てんばかりに姿を現した。

(うわっ。こ、これが伊織さんの生オッパイ……)

幹久は、彼女の胸に見とれていた。

私服の上や水着で目にしていたものの、こうして生で見ると感動もひとしおである。

もちろん、大きさでは静佳に劣るが、充分に「巨乳」と呼べる円錐形のふくらみの存在感は、なかなかのものだと言っていい。

また、海水浴のときの彼女は、ビキニではなく上半身全体が隠れるような水着を着用していた。そのため、はっきりとは分からなかったのだが、こうして見るとウエストが細めなぶん、バストの大きさがより引き立っている気がする。

「ねえ？　いつまでオッパイを見ているの？　早く触ってよぉ」

と、やや不満げに促されて、幹久はようやく我に返った。

「あっ……す、すみません。綺麗だったから、つい……」

「あら、ありがとう。嬉しいわ。でも、幹久くんだって、あたしのオッパイ揉みたいんでしょう？」

幹久の返答に、巨乳未亡人が笑みを浮かべて言う。

その指摘は図星なので、こちらとしては返す言葉もない。

（よし。じゃあ、オッパイを……）

と意を決した幹久は、両手をふくらみに伸ばした。そして、力を込めすぎないように気をつけつつ、乳房を鷲摑みにする。

途端に、伊織が「はうんっ」と甘い声をあげて、わずかにおとがいを反らす。

その反応を見ながら、幹久は指に軽く力を入れてバストを優しく揉みしだきだした。

「んあ、最初は、んあっ、それくらいぃ……んはあ、いいわぁ。あんっ、幹久くん、んはっ、上手よぉ。あんっ、んんっ……」

愛撫に合わせて、未亡人が艶《なま》めかしい喘ぎ声をこぼしだす。

(伊織さんのオッパイって、静佳さんのよりも弾力がある感じだな)

幹久は、手を動かしながらそんな感想を抱いていた。

伊織の乳房は、揉んだあとに押し戻す力が爆乳美女の胸よりも明らかに強い。大きさの差なのか、個人差なのかは分からないが、同じ部位でも触り心地には人それぞれに違いがある、と実感せずにはいられない。

もっとも、静佳の大きくて柔らかいふくらみも充分すぎるくらい魅力的なので、二人のバストに優劣などつけられっこないのだが。

そんなことを考えて昂りを覚えながら、幹久は指の力をやや強めた。

「んああっ！　あんっ、それぇ！　はうっ、誰かに揉まれるのっ、んはっ、久しぶりでぇ！　はあんっ、気持ちいい！　あんっ、ああっ……！」

愛撫に力が入ると、未亡人の喘ぎ声も合わせて大きくなる。

喘ぎながらこぼした言葉から察するに、どうやらかなり感じてくれているらしい。

(だけど、正面から抱き合うような体勢だと、ちょっと揉みにくいな)

幹久は、次第にそんな不満を抱きだしていた。

寝そべった相手にまたがってバストを弄るのは問題ないのだが、今の体勢は身体同士が近すぎていささか手が窮屈《きゅうくつ》に感じられる。これだと、まだ経験不足の人間ではなかなか思ったような愛撫は難しい。

（どうしたら……あっ、そうだ！）

一つの方法を思いついた幹久は、いったん乳房から手を離した。

「あの、身体の向きを反転してもらっていいですか？」

そうリクエストを口にすると、伊織はすぐにこちらの意図を察したらしく、笑みを浮かべて「いいわよ」と応じた。そして、いったん幹久から下りて後ろを向くと、膝の上に座り直す。

そこで幹久は、背後から手を伸ばし、再び胸を鷲摑みにした。そうして、指に力を入れてやや乱暴に揉みだす。

「んああっ！　あんっ、これぇ！　はうっ、気持ちいいよっ！　ふああっ、はあんっ、ひゃうんっ……！」

たちまち、巨乳未亡人が甲高い喘ぎ声をリビングに響かせだした。

（ああ、やっぱり揉みやすいな。伊織さんも、さっきより気持ちよさそうだし、こっ

ちに切り替えたのは正解だったぜ）

そんなことを考えだしたとき、うっすらと汗ばんだ彼女のうなじが幹久の目に飛び込んできた。

何しろ、この体勢だとそこが文字通り目の前に広がった状態なのである。それに、髪をアップにまとめて露わになっている、というだけでなく、浴衣を羽織っているために色っぽさも抜群だ。

（う、うなじ……白くて、すごく綺麗で……）

もちろん、先ほど隣を歩いているときも目にしていたが、今は後ろから、しかもすぐ間近で見ているのだ。

そう意識すると、どうにも我慢できなくなってくる。

欲望に負けた幹久は、胸を揉みながら彼女の首筋に舌を這わせた。

「レロロ……」

「ひゃうんっ！　そこぉ！」

うなじを舐めるなり、伊織が素っ頓狂な声をあげて身体をビクンと震わせる。どうやら、かなりの快感を得たらしい。

そう考えて、幹久はバストを揉みしだきながら、そこをさらに舐め回した。

「レロ、レロ……ンロ、チロ……」

日傘をさしていたとはいえ、炎天下を歩いて汗ばんでいたからだろう、鼻腔に女性の匂いが強めに流れ込み、また舌に塩味も感じられる。だが、その生々しさが牡の興奮を煽ってやまない。

「ふやんっ、それぇ！　あんっ、うなじっ、ああっ、そんなにっ、あうっ、舐められたらぁ！　んやあっ、オッパイもっ、ふはあっ、かっ、感じすぎちゃうぅぅ！　あんっ、はううっ……！」

同時愛撫を続けていると、伊織の喘ぎ声がますます艶やかなものになり、声のトーンも一段跳ね上がった。

どうやら、胸とうなじの同時責めに慣れていないらしい。おそらく、亡夫がそういうことをしなかったのだろう。

「あんっ、幹久くんのっ、んはあっ、チン×ンがぁ！　あんっ、すごく硬くなってて、んはっ、あたしのっ、ああっ、お尻にっ、はううっ、当たっているのぉ！」

しばらくして、巨乳未亡人が喘ぎながらそんなことを口にした。

実際、彼女のバストの手触りと、うなじを舐めている興奮で、分身はズボンの奥で最大まで大きくなっている。

「んねえ？　あんっ、ちょっと、あううっ、愛撫をやめてぇ」

伊織のその言葉を受けて、幹久はいったん胸を揉む手を止め、首筋から舌を離した。

「どうしました、伊織さん？」

「んはああ……幹久くんのチン×ン、すごく硬くなって苦しそうだから、先にいっぺん抜いてあげたほうがいいと思ってぇ。どう？」

「うっ。確かに……お願いできますか？」

彼女の指摘に、幹久はそう応じていた。

童貞の頃ならば、このような提案を素直に受け入れる度胸などなかっただろう。だが、既に静佳の奉仕を経験していることもあり、今は特にためらいはなかった。

それに、先に一発抜かないと危ういのは、紛《まぎ》れもない事実である。

このまま挿入したら、静佳と二回目の関係を持ったときのように、あっという間に達してしまうのは間違いない。

すると、巨乳未亡人が膝の上から降りた。

「幹久くん？　ズボンとパンツ、脱いでくれる？」

（えー。脱がしてくれないのか？　静佳さんは、してくれたのに）

そんな不満が、幹久の心に湧き上がってくる。

が、こちらの頭が真っ白になって何をしていいか分からない状態ならともかく、ある程度のことができるようになったのに脱がしてもらうのは、いささか贅沢な話かもしれない。

そう考え直した幹久は、ソファから立ち上がって、いそいそとズボンとパンツを脱いだ。すると、すっかり勃起した分身が天を向いてそそり立つ。

「うわっ、すごっ。これが、幹久くんのチン×ンなんだぁ」

と、伊織が目を丸くする。

この反応から見て、幹久のペニスが彼女の亡夫より大きいのは間違いあるまい。

そんなことを思いつつソファに座り直すと、すぐに巨乳未亡人が前に跪《ひざまず》いて、股間に顔を近づけた。

「幹久くんの勃起チン×ンって、こんなに大きかったんだね？　なるほど、これは静佳さんが気に入ったのも分かる気がするなぁ」

と言いつつ、彼女はためらう素振りも見せずに竿を握る。

それだけで心地よさがもたらされて、幹久は「くうっ」と呻いてしまう。

伊織は、こちらの反応を特に意に介《かい》する様子もなく、肉棒の角度を変えて自分のほうに向けた。そうして口を近づけると、彼女は「はむっ」と声をこぼしながら、亀頭をあっさりと咥え込む。

「ほえっ？　あううっ！」

幹久は、思わず素っ頓狂な声をあげていた。

静佳のフェラチオは、まず先端を舐めてきたし、アダルト動画などでも最初に慣らすように舐めるのが多かった気がする。それだけに、いきなり咥えられたのは予想外で、快感と同時に驚いてしまったのだ。

だが、伊織のほうはこちらの反応などお見通しだったのか、まったく気にする素振りを見せず、竿の三分の二くらいまで一気に含んだ。ただ、そこで「んんっ」と声をこぼして動きを止める。

先端が喉の奥に軽く触れた感覚があったので、これが今の彼女の限界点なのだろう。

巨乳未亡人は、肉棒を咥えたまま鼻呼吸で息を整えた。それから、ゆっくりとストロークを始める。

「んっ……んむ……んむ……んぐ、んじゅ……」

「ああっ、それっ……くうっ、いいですっ！」

一物からもたらされた性電気に、幹久は我知らずそう口にしていた。

大人しそうな見た目に反し、セックスが大好きな静佳は、フェラチオも積極的だった。それに対して、どこか姉御肌なタイプながら、伊織の行為はやや慎重というか、戸惑いながらしているような印象がある。

先ほどの言葉から察するに、亡夫より大きな一物への奉仕が初めてで、歯を立てたりしないように気をつけているのだろう。

そんなことを思っていると、顔を動かしていた未亡人が、いったんペニスを口から出した。

「ぷはあっ。本当にすごぉい。大きすぎて、咥えているだけで一苦労よ。顎が外れちゃいそう。こんなチン×ン、初めてぇ」

陶酔した表情でそんなことを言ってから、彼女が先端を舐めだす。

「レロロ……ピチャ、チロ……」

彼女は、まず縦割れの唇を避けるように亀頭全体を舐め回し、それから一物を持ち上げて裏筋に舌を這わせる。

「くうっ！　はあっ、ううっ……そ、そこは……はううっ！」

鮮烈な快電流に見舞われ、幹久は自然に喘ぎ声をこぼしていた。

（くっ。あの伊織さんが、こんなことを……なんだか、夢を見ているみたいだな）

ついついい、そんな思いが脳裏をよぎる。

何しろ、この未亡人とは小学生の頃に出会い、一回り上とはいえ憧れを抱いていたのだ。もちろん、それは帆奈美に対する思慕の念とは異なる、「綺麗で優しい仲居のお姉さん」への憧憬だったのだが。

ただ、幹久のうなじや浴衣好きの嗜好《しこう》を決定づけたのは、実は伊織だったと言ってもいいだろう。そんな相手が、今は嬉しそうにペニスに舌を這わせているのだ。

そのため、知り合って間もない静佳にされたときにはなかった、なんとも言えない背徳感を覚えずにはいられない。

さらに、伊織がまた舌を離して肉茎を咥え込み、ストロークをしだす。

「んっ、んっ、んむ、んじゅ……」

「あううっ！　それっ、くうっ！　僕、もう……」

たちまち射精感が込み上げてきて、幹久は限界を訴えていた。

もともと、乳房とうなじを愛撫していたことで、暴発寸前まで興奮していたのだ。そこにフェラチオの刺激を受けては、いつまでも我慢などできるはずがない。

「ぷはあっ。もう？　あっ、本当。先走りが出て……ふふっ、いいわ。このまま、顔にかけてぇ。チロ、チロ……」

と、伊織が目をつぶって手で竿をしごきながら、先端部を舐め回す。

自宅ということもあり、彼女は顔射を望んでいるらしい。

「ああっ、これ……くっ、本当に、もう……出る！」

甘美な刺激で限界を迎えた幹久は、そう口走るなりスペルマを発射していた。

「ひゃうんっ！　いっぱい出たぁ！」

白濁のシャワーを浴びた伊織が、目を閉じたまま歓喜の声をあげる。

彼女の顔にかかった白濁液は、顎を伝って豊満なバストにもボタボタとこぼれ落ちていく。その光景が、実に淫靡に見えてならない。

やがて射精が終わると、虚脱感に見舞われた幹久は、背もたれに体重を預けた。

静佳への口内射精もよかったが、未亡人の顔を白濁液まみれにするのは、なんとも言えない罪悪感混じりの背徳感がある。それが奇妙な昂りに繋がって、自分でも驚くほどの勢いの射精になった気がしてならない。

幹久が呆然としている間に、肉棒から手を離してペタン座りをした伊織が、手で精液を拭い取りだした。そして、目元を拭うとゆっくり目を開ける。

「ふああ……濃いの、すごく沢山出てぇ……精液って、こんなに出るんだぁ？　旦那なんて、この半分くらいだった気がするんだけど？」

恍惚《こうこつ》とした表情を浮かべながら、彼女がそんなことを口にする。

スペルマの濃さや量は、静佳にも指摘されたが、どうやら伊織の亡夫とも比較にならないくらい多かったらしい。

そう意識すると、男としての自信が得られる気がする。

幹久は射精の余韻に浸りつつも、足元で呆けている巨乳未亡人の姿に、新たな興奮が湧き上がってくるのを抑えられずにいた。

7

「レロ、レロ……ふはあ。こんなに濃くて匂うザーメンが、ものすごくいっぱいでぇ……こんなの、初めてよぉ。幹久くん、本当にすごぉい」

顔の精を舐めて処理し終えた伊織が、潤んだ目でこちらを見ながら言った。

その彼女の表情だけで、挿入したいという欲求がムラムラと湧き上がってくる。

もっとも、巨乳未亡人のほうも白濁液を口にしたことで、いっそう発情しているのは間違いあるまい。

「ああ……チン×ン、まだ元気でぇ。もう我慢できない。そのいきり立ったモノが、早く欲しくてたまらないよぉ」

と言って、伊織は床の開けた面に移動した。そして、仰向けになって脚をM字に広げ、すっかり濡れそぼった秘部を幹久に見せつけるようにする。

「ねえ、幹久くん？　早くぅ。早く、そのたくましいチン×ンを、あたしに挿《い》れてちょうだぁい」

巨乳の未亡人が、艶めかしい声で訴えてくる。

このように求められては、我慢などできるはずがないし、ためらいも湧いてこない。

幹久は、「はい」と頷いてソファから立ち上がった。そして、彼女の脚の間に入って潤った秘裂に分身をあてがう。

それだけで、伊織の口から「あんっ」と甘い声がこぼれ出る。

その声に興奮をいっそう煽られた幹久は、腰に力を込めると彼女の中に肉棒を挿入した。

「んはああっ！　入ってきたぁぁ！」

勃起が入り込んだ途端、巨乳未亡人が甲高い悦びの声をリビングに響かせる。

幹久は構わず進入を続け、股間同士が密着してこれ以上ないところまで到達した。

「ふあああ、奥までぇ！　あああああんっ！」

こちらの動きが止まるのと同時に、伊織がおとがいを反らしながら絶叫し、身体をヒクヒクと震わせた。

しかし、それはすぐに収まって、彼女の身体からみるみる力が抜けていく。

「んはあぁ……軽くイッたぁ。挿《い》れられただけでイクなんて、初めてよぉ」

巨乳の未亡人が、弱々しい声でそんなことを口にする。

それが、久しぶりに男性器を挿入されたからなのか、亡夫より大きい幹久の一物を迎え入れたからなのかは、男の側からは判断がつかなかった。ただ、自分のモノが女性を悦ばせているという事実が、自信になる気はしている。

「えっと……じゃあ、動いていいですか？」

「ええ、してぇ。たくましいチン×ンで、あたしの奥を思い切り突いてぇ」

許可が下りたので、幹久は彼女の腰を持ち上げた。そして、押し込むような動きで抽送を始める。

「あっ、あんっ、それぇ！　んあっ、奥っ、はうっ、来てるぅ！　ああっ、すごっ、あんっ、ひゃうっ……！」

たちまち、伊織が甲高い悦びの声をあげだす。

（くうっ。伊織さんの中……静佳さんのオマ×コより、なんだかネットリ感が強い気がする……）

　バツイチ爆乳美女の膣内は、うねって一物に絡みつく印象が強かった。しかし、巨乳未亡人の内部は肉棒に吸いついてくるかのようで、小さな動きでも充分すぎる快感がもたらされる。

　ただ、彼女の反応を見る限り、さらに激しくしても問題はなさそうだし、この程度の動きで満足するようには思えない。それに、抽送のたびにタプタプと揺れる胸の動きを、もっと見たいという欲求も込み上げてくる。

　そこで幹久は、より腰の動きを荒々しくした。

「んはあっ！　あんっ、それぇ！　あうっ、いいぃぃぃ！　はあっ、あんっ、イッたばっかりっ、ひゃうっ、だからぁ！　ああんっ、感じすぎちゃうぅぅ！　ああっ、はううっ……！」

　こちらの動きに合わせて、伊織の喘ぎ声も大きくなる。また、仰向けになっても存在感のある巨乳が、タプタプと音を立てていっそう揺れる。

　その動きに興奮を煽られて、幹久がさらに抽送を強めようとしたとき。

「んあっ。ちょっと待って。あんっ、ストップぅ」

　と、伊織が声をかけてきた。

「どうしたんですか、伊織さん？」

「んっ。幹久くんのチン×ン、よすぎて自分を抑えられなくなりそうで……ねぇ？　あたしが上になってもいいかな？」

ピストン運動を止めて問いかけると、彼女がそう返してきた。

(それって、確か騎乗位か。だったら、伊織さんが自分で動きをコントロールできるから、声なんかも抑えやすいのかな？)

その場合、男のほうも気が楽になって、快感に専念できるかもしれない。

「分かりました。じゃあ」

と、幹久は腰を引いて一物を抜いた。

そうして分身を外に出すと、なんとも言えない寂しさが込み上げてくる。いつの間にか、彼女の中にすっかり馴染んでいたらしい。

その気持ちを我慢しながら、幹久は床に身体を横たえた。

すると、伊織が入れ替わるように身体を起こし、すぐにまたがってくる。

それから彼女は、愛液まみれの肉棒をためらう素振りも見せずに握り、先端と自身の秘部の位置を合わせた。

「ふふっ、挿《い》れるよぉ。んんんんっ……」

と、巨乳未亡人が腰を沈めだす。

「んんっ。ふはあっ、これ、すごぉい！」

途中で悦びに満ちた声を響かせつつ、彼女は最後まで腰を下ろしきり、とうとう二人の股間が完全に密着した。

そうして、伊織は幹久の腹に手をついた。

「んあああ……幹久くんのチン×ン、子宮口を押し上げてぇ……旦那のじゃ、こんなに奥まで届かなかったぁ」

恍惚《こうこつ》とした表情を浮かべながら、未亡人仲居がそんなことを口にする。

「あの、伊織さん？」

「あっ。幹久くんは、気にしないで。独り言だから」

こちらが口を開くと、彼女はすぐにそう言って言葉を遮った。そして、自ら小さめの上下動を開始する。

「んっ、あっ、あんっ、これっ、はうっ、いいっ！　あんっ、チン×ンッ、んはっ、子宮にっ、あんっ、入り込むぅ！　あうっ、あんっ、ああっ……！」

たちまち、伊織が巨乳をプルンプルンと揺らしながら、甲高くも甘い声をこぼしだす。だが、その声は先ほどよりもやや控えめである。一応は、マンションということを考慮して動きを抑えているのだろう。

（俺がしていたら、我慢できなくてもっと激しく動いていただろうし、これは任せてよかったかも。それに、伊織さんがすごくエッチで……）

幹久は、自分の上で腰を振っている未亡人に、すっかり見とれていた。

大きなバストを揺らしながら快感を貪る彼女の姿は、なんともエロティシズムに溢れており、牡の興奮を煽ってやまない。

「んはっ、ああっ！　あんっ、もっとぉ！　あんっ、はうっ、ああっ……！」

伊織が腹から手を離し、上体を反らして天を仰いだ。しかし、それでも膝の動きだけでひたすら上下動を続けている。そんな姿が、いっそう蠱惑《こわく》的に思えてならない。

（くうっ。オマ×コの中がチ×ポにますます吸いついてきて、しかもヒクヒクしているから気持ちよすぎる！）

未亡人が興奮しているからだろう、膣肉の動きが先ほどまでより激しくなり、分身により大きな快感が送り込まれてくる。その心地よさは、うねりが強い静佳の膣内に勝るとも劣らない、と言っていいだろう。

そうして、ペニスを今までにない感触で刺激されていると、腰に熱いものが込み上げてきてしまう。

「くうっ、伊織さん！　僕、そろそろ……」

さすがに限界が近づいてきて、幹久はそう口走っていた。

「ああっ、あたしもぉ！　はうっ、またっ、あんっ、イキそう！　はあんっ、大きいのっ、はううっ、来そうよぉ！　はふっ、ああっ……！」

巨乳の未亡人が、胸を揺らして動きながら応じる。

「なら、抜かないと……」

「ああっ、いいのぉ！　あんっ、このままっ、あうっ、中につ、はあんっ、全部出してぇ！　あっ、あんっ、はあっ……！」

こちらの言葉にそう答えると、伊織は上体を倒して抱きついてきた。そして、腰の動きを小刻みなものに切り替える。

「あんっ、あんっ、これぇ！　はうっ、んああっ……！」

大きなバストが胸に押しつけられ、艶めかしい喘ぎ声が耳元で聞こえてくる。

それに、女性の甘い匂いが鼻腔から流れ込んできて、さらに膣道が妖しく収縮をして一物から甘美な刺激がもたらされている。

このような状況で、射精を我慢するなど不可能と言っていいだろう。

「くううっ！　本当に……出る！　はううっ！」

と口にするなり、幹久は彼女の中に出来たてのスペルマを注ぎ込んでいた。

「ああっ、子宮にぃぃ！　んはああああああぁぁぁぁ!!」

伊織も腰の動きを止め、おとがいを反らして身体を強張らせながら、絶頂の声をリビングに響かせる。

そうして、射精が終わるのに合わせて、彼女の全身から力が抜けていく。

「はぁ、はぁ……伊織さん」

「んはあ、ふああっ、幹久くぅん……」

エアコンの作動音とセミの鳴き声に包まれながら、二人は互いの名を呼び、しばらくそのまま抱き合っていた。

第三章　又従妹の媚肉に快感打ち上げ花火

1

「はぁ、参ったなぁ。三日も経ったのに、まだ伊織さんとまともに顔を合わせられないや。それに、帆奈美ちゃんとも話しづらくなったし」

夕方、一人になった途端に、幹久はそう独りごちていた。

思いがけず、伊織と関係を結んだ日から、いったい何度同じようなことを口にしただろうか？

正直、誘惑にあっさり負けて肉体関係を持ったこと自体に、後悔の念はさほどなかった。ただ、静佳と比べて未亡人仲居との一件は、自分で思っていた以上に帆奈美に対する大きな罪悪感となってのしかかってきたのである。

それもそのはずで、爆乳美女はしょせん客だから、極論すればチェックアウトした時点で縁を切ることも可能だ。しかし、「美海亭」で仲居として働く伊織の場合は、そういうわけにはいかない。彼女が辞職しない限り、いつも思い人の側にいるのだ。

冷静になると、この差が非常に大きいものに思えてならなかった。

しかも、今は幹久自身も二人と共に働いているので、避けようがないという事実もある。

また、帆奈美と伊織は年の離れた姉妹のようで、関係も良好だった。それだけに、彼女たちを見ていると、どうしても気持ちが落ち着かなくなるし、未亡人仲居との関係が心に重くのしかかってくる。

しかし、一方の伊織はと言うと、帆奈美はもちろん幹久に対する態度にも、なんら以前と違うところがないように見えた。

静佳の場合、幹久と関係したあと「美海亭」に来た頃の翳がなくなる、という変化があった。それは、又従妹も気付いたくらいだったので、かなり大きかったのは間違いあるまい。

ところが巨乳の未亡人仲居は、関係を持った翌日に顔を合わせても、以前とまったく変わったところがなかった。少なくとも、幹久は彼女の態度の変化を見抜けていないし、一歳下の又従妹も特に疑念を抱いている様子がないのである。

今の伊織を見ていると、あのマンションでの出来事が白昼夢だった、と言われても信じてしまいそうだ。

（もしかして伊織さん、俺と一度セックスして欲求不満が解消されたから、もう俺に興味がなくなったのかな？）

そう思うと、なんとなく無念さが湧き上がってくるのを抑えられない。

もちろん、幹久にとっての一番は帆奈美なので、未亡人に本気になられても困る。だが、性欲を発散する道具程度にしか思われていないとしたら、それはそれで悔しく感じてしまうのも、男として当然ではないだろうか？

幹久が、そんなことを考えていたとき、

「もうっ。幹久くん、聞いてる？」

いきなり、後ろから帆奈美の声がして、幹久はようやく我に返って振り向いた。

すると、二部式着物姿の又従妹が腰に手を当て、ジト目で睨《にら》んでいた。

その目つきに、心を読まれているような焦《あせ》りを抱かずにはいられない。

「な、何、帆奈美ちゃん？」

「だから、一〇二と二〇四のお客様から、明日は午前中にやる隣町の海祭りに行きたいから朝食を三十分早めて欲しい、って言われたって話」

隣町の海祭りは、午前九時から行なわれる漁船のパレードが目玉である。ただ、「美海亭」からの移動時間を鑑《かんが》みた場合、通常の食事時間ではパレードにはまず間に合わないのだ。

「ゴメン。ちょっと、考え事をしていたから聞いてなかった」

幹久は、思っていたのと違う話題に安堵しつつ、そう応じて頭を下げた。

「ホントに、しっかりしてよ。本来、ウチでは食事の時間の大きな変更は受けてないんだけど、連泊のお客様だし、早めるのも三十分だし、お祭りが理由だから、お母さん……女将さんが、料理長と相談して認めたの。それでね、今日は伊織さんが寮に泊まるって言っているんだけど……」

と、帆奈美が何やら複雑そうな表情を浮かべて言う。

その言葉に、幹久は心臓が大きく飛び跳ねるのを抑えられなかった。

「い、伊織さんが？　なんで？」

「前に話したと思うけど、伊織さんが住んでいるマンションからここまで、歩いて二十分くらいかかるでしょう？　だから、幹久くんが来る前から、朝が普段より早いときは、『少しでも長く寝ていたいから』って寮に泊まっていたの。ただ、今回は幹久くんがいるし、と思ったんだけど、伊織さんは気にしてないみたいで。さすがに、ちょっと無防備すぎじゃないかなぁ？」

又従妹が、なんとも心配そうに言う。

もちろん、彼女は幹久と未亡人仲居がマンションで関係を持ったと気付いていないはずだ。それでも、いい年齢の男女が一つ屋根の下で寝泊まりするのを心配するのは、性を意識する年齢なら当たり前かもしれない。

（そうか。今夜は、寮で伊織さんと二人きり……）

と考えると、帆奈美に悪いと思いつつも、幹久の胸の鼓動は期待で我知らず速まってしまうのだった。

2

夜、仕事を終えた幹久は、寮の部屋でパジャマに着替えて布団に寝転がりながら、落ち着かない時間を過ごしていた。

何しろ、部屋が違うといっても一つ屋根の下に、数日前に関係を持った未亡人仲居がいるのである。この状況で普段どおりに寝られるほど、幹久は冷めた性格でも豪胆な性格でもなかった。

（こっちから、伊織さんの部屋に……いやいや、それじゃあ俺のほうがしたがっているみたいじゃん）

そう考えて、どうにか欲望を抑え込む。

静佳とのことにせよ伊織とのことにせよ、唯一の言い訳は「誘惑されて我慢できなくなったからで、自分からは求めていない」という点に尽きるのだ。しかし、こちらから夜這いをかけたら、もうその弁解すら使えなくなってしまう。

だが、このままでは巨乳未亡人の存在が気になって寝られそうにない。

幹久が、どうしていいか分からず悶々としていたとき、部屋のドアがノックされた。

そして、「幹久くん、起きてる？」と伊織の抑えた声が聞こえてくる。

その瞬間、幹久の心臓は大きく高鳴った。

「は、はい。起きてます」

上擦った声でそう応じて布団から飛び起き、ドキドキしたままドアを開ける。

その瞬間、幹久は目を丸くして立ち尽くしていた。

何しろ、伊織は客が使う竹製の手提げかごを持ち、「美海亭」の浴衣を着用していたのである。もっとも、今日の泊まりは急な話だったため準備をしておらず、客用の浴衣を借りたのかもしれないが。

とはいえ、彼女が客と同じ格好をしているのは、なんとも新鮮に見えてならなかった。しかも、セミロングの髪を下ろしていることもあって、前に見た浴衣姿やいつもの和装姿とのギャップが目を惹く。

それに、静佳ほどではないが胸にボリュームがあるせいで、衿から胸元のあたりがやや乱れ気味である。その状態から見て、浴衣の奥はおそらくノーブラだろう。

そう意識すると、制服の二部式着物とも、きちんとした浴衣姿とも異なる魅力に、頭がクラクラしてきてしまう。

また、伊織が手にしている手提げかごには、タオルが入っていた。客が使う浴衣と手提げかごという組み合わせを見ると、まるで彼女と二人で他の温泉宿に来ているような錯覚を覚えそうになる。

「幹久くん、露天風呂に行きましょう？」

彼女のその言葉で、幹久はようやく我に返った。

温泉旅館「美海亭」には、男湯と女湯以外にも、寮とは宿を挟んで反対側の林の向こう側に脱衣所付きの貸し切りの露天風呂がある。貸し切りなので当然の如く混浴で、家族連れやカップルが利用することが多い。

幹久自身、幼少時に両親と露天風呂に入った記憶があるし、ここで働きだしてからも掃除のために何度か行っていた。

「えっ？　い、今からですか？　でも、この時間はもう脱衣所に鍵が……」

「大丈夫。こ・れ」

困惑の声をあげた幹久に対し、巨乳の未亡人仲居が手提げかごから赤いキータグの付いた一本の鍵を取り出して見せる。タグの文字は見えないものの、それが露天風呂の脱衣所のものなのは間違いない。

貸し切り露天風呂は、二十一時には脱衣所の小屋の鍵をかけてしまうのだが、どうやらこっそり持ち出していたようだ。

それにしても、露天風呂に誘うということは、「混浴したい」と言っているのと同義である。いったい、彼女は何を考えているのだろうか？

「幹久くんのタオルも持ってきているから。さあ、早く行きましょう」

そう言って、伊織が幹久の手を取る。

このように強引にされると逆らう術《すべ》はなく、幹久は頭にハテナマークを浮かべつつも、パジャマのまま彼女に手を引かれて、宿泊客からは絶対に見られない宿の裏手のルートから露天風呂へと向かった。

そうして、手入れされた林に入って少し進むと、露天風呂の脱衣所として使われている木造の小屋が現れた。

伊織が小屋の鍵を開け、改めて幹久の手を取って中に入る。

窓からの月明かり以外に明かりがない小屋の内部は、四畳半ほどの広さで脱衣かごが置かれた棚とベンチしかなく、一人で来たらいささか不気味だったかもしれない。

「大丈夫だと思うけど、明かりを点けると誰かに気付かれちゃうかもしれないから、このままでね。月明かりがあるし、もう目が慣れたから平気でしょう？」

そう言いながら、伊織が浴衣の帯を外す。彼女はショーツすら穿いておらず、浴衣を脱ぐとたちまち全裸になった。

(うわあ……月明かりに照らされた伊織さん、すごく綺麗だ)

つい、そんなことを思って見とれていると、

「さて、あたしは先に温泉に入っているから、幹久くんも早くパジャマを脱いでいらっしゃい」

と、伊織はタオルを手にして、さっさと脱衣所の出入り口と反対側のドアを開けて出て行った。

脱衣小屋に取り残された幹久は、慌ててパジャマに手をかけた。

もちろん、一人になったのだから、この場から逃げ出すという選択も取れたはずだが、巨乳の未亡人の裸を目にした時点で、そんな考えは頭から吹き飛んでいる。

いそいそとパジャマと下着を脱いで全裸になった幹久は、用意されていたタオルを手にして露天風呂に出た。

温泉旅館「美海亭」の露天風呂は、宿のほうと同じく源泉掛け流しで、地面を円形に掘って石で囲った浴槽にお湯が注がれるようになっている。浴槽の広さは、大人が三人も入ればやや窮屈になりそうだが、二人で入るぶんには脚を伸ばしてゆったりできる。

浴槽の周囲数メートルは石のように見えるタイルが敷き詰められているが、その周りは正面と脱衣小屋のあるところを除いて竹の柵が巡らされ、高さ数メートルの木々に囲まれている。

今は深夜なので、星空以外の眺望はないに等しい。ただ、露天風呂のある位置は本館よりも視界が開けているため、日の出を見たり夕景を楽しんだりするにはもってこいだろう。もっとも、日の出の時間は入れないのだが。

湯船には、髪をターバンのようにタオルで巻いた伊織が既に入って、肩まで湯に浸《つ》かっていた。透明な湯も相まって、その姿がやけに色っぽく見える。

「やっと来た。幹久くんも、早く入ってきて」

そう促されて、幹久は「はい」と応じ、シャワーで全身を軽く洗い、桶《おけ》で湯船のお湯を身体にかける。

そうして、緊張を覚えながら股間を隠しつつ湯に入り、伊織の横に並んで湯に肩まで浸かると、自然に「はあ〜」と吐息がこぼれ出た。

風が少し吹くと、露天風呂の三方を囲う木々がざわめく。その音と満天の星が、内湯にはない不思議な安心感を生み出している気がしてならない。

「ふふっ。幹久くんったら、お年寄りみたい」

「あ、いや……同じ温泉なのに、露天風呂は開放感があるからか、なんか寮の風呂に入るのとは違う感じがして」

からかうような伊織の言葉に、幹久は片手で頭を掻きながら応じた。もう片方の手は、裸の美女と肩がくっつくほど近くにいる興奮で、湯の中ですっかり大きくなった一物を隠すのに使っている。

「ああ、それは分かる気がするわ。と、それはともかく……幹久くん、あたしが誘ったのが、ただ一緒にお風呂に入るためじゃない、ってことは分かっているわよね？」

巨乳の未亡人仲居の、さも当然のような言葉に、幹久の心臓が大きく飛び跳ねた。

もちろん、混浴を誘われた時点で彼女の真の望みについて、おおよその見当はついている。

「そ、それは……その、伊織さん、ついさっきまで僕と何もなかったみたいにしていたから、あのことは大して気にしていなかったのか、と……」

「そんなことないわよ。実は、セックスであんなによくなったのは初めてで、幹久くんのチン×ンを気に入っていたんだから。だけど、帆奈美ちゃんのことがあるから、本当はあの一回だけにしようと思って、前と同じように振る舞うようにしていたの。あたしにとっても、帆奈美ちゃんは妹みたいで大切だから」

幹久の疑問に、伊織がそう応じる。

「それじゃあ、どうして今……？」

「これでも、我慢しようと思ったのよ。でも、やっぱりキミのチン×ンの気持ちよさが忘れられなくて……明日の朝が早いって聞いたら、我慢できなくなっちゃった。幹久くんだって、チン×ンがそんなになっているってことは、あたしとしたいと思っているのよね？」

そう言うなり、伊織が幹久の股間に手を伸ばしてきた。そして、こちらの手をどかして勃起を握る。

湯の中で一物に触られた途端、快電流が脊髄を貫いて、幹久は思わず「はうっ」と声をこぼしていた。

「ああ、これぇ。すごく大きくなってぇ。このチン×ンを知ったら、他の人となんてエッチできなくなっちゃいそう」

そんなことを言いつつ、未亡人仲居が竿をしごきだす。

そうして刺激を送り込まれると、さすがに理性が音を立てて砕け散ってしまう。

（くうっ！　もう我慢できない！）

牡の本能に負けた幹久は、身体を捻《ひね》るなり彼女を抱きしめていた。

3

「んはあっ、幹久くぅん、あんっ、それぇ。んっ、ふあっ、んふっ……」

月明かりに照らされた露天風呂に、伊織の控えめながらも艶めかしい喘ぎ声が響く。

今、幹久は彼女を片膝に載せて、後ろから抱きすくめるような格好で胸を揉みつつ、タオルでアップにされたことで露出したうなじに舌を這わせていた。

「んはあっ、幹久くんってぇ、あんっ、本当に、んんっ、うなじが好きよねぇ？　んんっ、あうっ……」

　巨乳の未亡人仲居が、そんな指摘をしてくる。

　実際、長い髪を上げたときに見える首筋に、幹久が妙に惹かれているのは間違いなかった。

　また、伊織は仕事のとき丁寧に髪をアップにしているが、さすがにタオルで包んだだけの今は後《おく》れ毛が残るなど、雑な感じになっている。それが、むしろ普段とは異なる色気に繋がっている気がしてならなかった。

　すると、不意に分身が再び握られた。

　甘美な性電気が肉棒からもたらされて、幹久は思わずうなじから舌を離して「ふあっ」と声をあげてしまう。

　それが、伊織の手なのはいちいち考えるまでもない。彼女は、さらにお湯の中で手を動かしだした。

「くっ、それっ……ううっ」

　軽くしごかれただけで、射精しそうなほどの快感が脊髄を貫き、幹久は胸への愛撫すら忘れて喘いでいた。

　既に分かっていたことだが、女性の手でされると自分の手とは比べものにならない心地よさがもたらされる。

「んあっ、幹久くんのチン×ン、ヒクヒクしてぇ。今にも、出ちゃいそうねぇ？」

未亡人仲居の指摘に対して、幹久は言葉を返せなかった。

他人に言われると恥ずかしいが、もともと彼女との混浴とバストやうなじへの愛撫の興奮で、暴発しそうなくらい昂っていたのは紛れもない事実である。そこに、手による刺激が加わったため、火に油が注がれたような状態になっていた。

正直、もう少し強烈な刺激を与えられたら、たちまちスペルマを発射してしまうだろう。

すると、伊織が手の動きを止めた。

「ねえ？　パイズリは、静佳さんにしてもらった？」

「あっ……は、はい」

幹久が素直に応じると、彼女は少し複雑そうな表情を浮かべる。

「やっぱりね。あのオッパイだから、しているとは思っていたけど……あたしも、してあげようか？」

「えっ？　いいんですか？」

いささか予想外の提案に、幹久はつい聞き返していた。

「ええ。静佳さんほど大きくはないけど、あたしも死んだ旦那にしていて、ちょっと自信があるからさ」

巨乳の未亡人仲居が、こちらに目を向けながらそんなことを口にする。

(そういえば、前のときはフェラだけだったし、静佳さんにパイズリをしてもらったのも、最初の一回だけだからな)

そう考えると、これは「渡りに船」とでも言うべき好都合な申し出かもしれない。

「じゃあ、お願いします」

と言って、幹久は彼女の胸から手を離した。そして、いったん立ち上がってから、浴槽を囲っている岩の一つに腰を下ろす。

すると、伊織もすぐに前にやって来て、湯の中で跪いた。それからバストに手を添え、一物に谷間を近づける。

間もなく、勃起した肉茎がやや弾力が強めのふくらみに、スッポリと包み込まれた。

途端に、得も言われぬ心地よさがもたらされて、幹久は「ふああ」と我ながら間の抜けた声をあげていた。

同じ「乳房」であっても、こうして包まれると、手触りと同様に静佳のものとは違った快感が生じる気がする。

「それじゃあ、するわねぇ。んっ、んっ……」

と、伊織が両手を同時に動かして、バストの内側で肉棒をしごきだす。お湯に入っていて潤滑油《じゅんかつゆ》は充分なため、動きはスムーズそのものだ。

「くうっ！　伊織さん、すごくいいですっ」

分身からもたらされた快電流に脳を灼《や》かれ、幹久はそう口にしていた。

フェラチオのときもそうだったが、子供の頃から見知っている相手にパイズリをされていると思うと、静佳にされるのとは違う背徳感が湧いてくる。ただ、それがむしろ興奮に繋がっているのも、紛れもない事実だった。

「んあっ、幹久くんのっ、んんっ、チン×ンッ、んふっ、すごいっ。んはっ、先っぽがっ、ふあっ、こんなにっ、んんっ、口の近くにぃ」

そんなことを口走りながら、伊織が手にいっそう力を込めると、分身への刺激がさらに強まる。

「ああっ、それっ！　くっ、伊織さんっ、僕、もう出そう……」

もっとこの行為を堪能したいと思いながらも、幹久は限界までの時間を引き延ばせずに、そう訴えていた。

何しろ、これが人生二度目のパイズリで、おまけにもともと射精寸前まで昂っていいたのだから、我慢などできるはずがない。

するとと、伊織が手の動きをいったん止めた。

「んはあっ、本当。もう、先走りが出てるぅ。じゃあ、最後はこうしてあげるねぇ」

そう言うと、未亡人仲居は亀頭をパックリと口に含んだ。そして、手を交互に動かしてバストの内側で陰茎をしごきつつ、口内で舌を使って縦割れの唇を舐めだす。

「はおううっ！　そっ、それっ……うううっ！」

そうして生じた鮮烈な性電気に、幹久は天を仰いで思わず大きめの声を出していた。もっとも、この程度なら木々のざわめきで本館まで届くこともないだろうが。

（パイズリフェラ、やっぱりヤバイ！　これ、気持ちよすぎる！）

静佳にもされた行為だが、亀頭が口に含まれていると口内温度のせいか、単に舌で舐められただけよりも興奮できる気がする。

何より、伊織のしごく力加減が絶妙で、バストの大きさでは爆乳美女に多少劣っていても、それを補ってあまりある快感が分身からもたらされるのだ。

おかげで、あっさり臨界点を突破した幹久は、「くうっ！」と呻くなり、彼女の口内にスペルマをぶちまけていた。

「んんんんんんっ！」

くぐもった声をあげつつ目を丸くして、伊織が射精を受け止める。

やがて、精液の放出が終わると、彼女は慎重に顔を引いて肉棒を口から出した。その際、湯船に白濁液を一滴もこぼさなかったところは、さすがと言うべきだろうか？

「んんっ。んぐ、んぐ……」

と、未亡人仲居が声を漏らしながらスペルマを飲みだす。

（うわぁ。やっぱり、精液を本当に飲むなんて……）

射精の余韻に浸りながら、幹久はそんなことを考えていた。

静佳のときにも思ったものの、「精飲」という行為は何度見ても背徳的に思えてならない。それだけに、新たな興奮材料になるのも事実なのだが。

「ふはあっ。とっても濃いザーメン、いっぱい飲んじゃったぁ。ああ、あたしもこれ以上は我慢できない。早く、チン×ン欲しいのぉ」

口内の精を処理し終えた伊織が、潤んだ目で勃起したままの男の象徴を見つめ、そんなことを言った。それから立ち上がり、浴槽の縁《ふち》に座って床に身体を横たえる。

その艶めかしさに、幹久は生唾を飲み込んでから「は、はい」と応じ、湯船に足を入れて、巨乳未亡人の脚の間に入る。

彼女のそこからは、既にお湯以外の液体が溢れ出していた。愛撫はもちろんだが、パイズリによって自身も充分すぎるくらい興奮していたことは、この秘部の状態を見れば一目瞭然と言える。

幹久が一物を割れ目にあてがうと、伊織が「あんっ」と小さな声をこぼし、それから自分の手の甲を口に押しつけた。

さすがに、彼女もここが大声を出してはマズイ場所なのを忘れていなかったらしい。

声の心配がなくなったので、幹久は分身を秘裂に押し込んだ。

「んんんんんっ！」

挿入と同時に、伊織がおとがいを反らしてくぐもった声を漏らす。

それでも構わず進入を続け、奥まで到達すると、幹久はすぐに彼女の腰を摑んで抽送を開始した。

「んっ、んむっ、んっ、んっ、むふうっ！　んんっ、んっ、んぐっ……！」

ピストン運動に合わせて、未亡人仲居の口から籠もった喘ぎ声がこぼれ出る。

（くうっ。伊織さん、なんだかすごくエロい！）

腰を動かしながら、幹久はそんな思いを抱いていた。

月明かりに照らされた全裸の女性が、手で口を塞ぎながら喘いでいる姿がエロティックなのは、当然と言える。素っ裸ではなかったとはいえ、同じような光景は静佳のときも目にしているのだ。

ただ、星空の下で夜風に吹かれながら女性が喘ぐ様子からは、屋内とは異なるエロスが感じられる気がしてならなかった。

それに、抽送のたびに湯が波立ってジャブジャブと音を立てているのも、やけに幹久の興奮を煽る。

「んむうっ！　んっ、んんっ！　んむむっ、んんんっ、んっ、んむううっ……！」

幹久が、ついつい腰の動きを強めると、伊織の喘ぎ声もどこか苦しげなものに変化した。もっとも、それが痛みではなく大きすぎる快感を得ながら、声を思い切り出せないもどかしさ故だというのは、膣肉の潤い具合やヒクつき方から充分すぎるくらいに伝わってくるのだが。

興奮のゲージがレッドゾーンを振り切り、もはやあれこれ考えることもできなくなった幹久は、欲望のままにひたすら腰を振り続けた。

「んんんっ！　んあっ、あんっ、あたしっ、あううっ、もうっ……んんっ、んむっ、んううっ……！」

ややあって、伊織が口から手をいったん離して切羽詰まった声をあげ、またすぐに口を塞いだ。

今の言葉が何を意味しているかは、すべて聞かなくても幹久も分かっている。

「伊織さん、僕もそろそろ……」

幹久も、腰に再び熱いものが込み上げてきて、抽送を続けながらそう口にしていた。

「んはあっ、中にっ！　あんっ、また中をっ、あんっ、熱いザーメンでっ、はうう、満たしてっ！　あむっ、んんっ、んんっ、んむうっ……！」

と、巨乳未亡人仲居が口から手を離して訴えてくる。

（また中出し……そ、それはさすがに……）

前回も中に出したとはいえ、あれは騎乗位でどうしようもなかった面がある。だが、この体位では言い訳もできまい。

そんな迷いを幹久が抱いた瞬間、狙い澄ましたように伊織の膣肉が妖しく収縮して、ペニスにとどめの刺激をもたらす。

おかげで、たちまち限界を迎えた幹久は、「ううっ」と呻くなり、暴発気味に彼女の中に出来たてのスペルマを注ぎ込んでしまった。

「んむうううううぅぅぅぅぅぅぅ!!」

同時に、伊織も口を押さえながらくぐもった絶頂の声をあげて、身体をピンッと強張らせるのだった。

4

（ああ……本当に、俺はどうしたらいいんだ？）

露天風呂で、伊織と二度目の関係を持ってから五日。夏祭り当日の夕方だというのに、幹久は仕事中にもかかわらず一人で思い悩んでいた。

あれからも、未亡人仲居の態度は表面的には変わったように見えなかった。しかし、こちらを見る眼差しに以前はなかった熱が籠もっているように感じるのは、気のせいではあるまい。

おそらく、彼女も静佳と同様に、幹久のペニスの虜《とりこ》になってしまったのだろう。

（俺が好きなのは、帆奈美ちゃんなんだ……でも、向こうは俺のことをどう思っているんだろう？）

夏祭りに誘ったのだから、又従妹がこちらに好意を抱いているのは間違いあるまい。ただ、それが恋愛感情なのか、あるいは子供の頃と同じ兄妹的な親愛の情なのか、という見当がつかないのだ。しかし、いくら女性経験を積んでも帆奈美にそれを問いただす度胸など、幹久は持つことができなかった。

（それに、静佳さんも伊織さんも魅力的で……）

いずれも迫られて関係を持ったとはいえ、彼女たちに帆奈美とは異なる魅力を感じ、心惹かれているのは間違いない。あまり考えたくないが、もしも又従妹と付き合えず二人のどちらかから交際を申し込まれたら、即座に首を縦に振ってしまうだろう。

だが、そんなことを思うと、帆奈美はもちろん静佳や伊織ともどうにも顔を合わせづらくなる。

そのため、幹久はこのところ彼女たちと必要最低限の会話だけはするものの、可能な限り避けるようにしていた。

おかげで、夏祭りの当日だというのに、又従妹と出かける時刻などの相談もできていない有様だ。もっとも、向こうも声をかけるのをためらっている様子だったので、決して幹久のせいばかりではないのだが。

（もしかして、帆奈美ちゃんも「やっぱり行くのをやめよう」とか考えたのかな？）

そうだとすれば、特に話すこともないのだから、何もないのは当然である。

ただ、この予想が正しかったら、あまりに寂しいと言わざるを得ない。

そんなことを思いつつ、幹久が廊下の掃除をしていたとき、

「幹久くん、浴衣を持っていないわよね？」

と、優子が声をかけてきた。彼女は、グレーの布地に白い縦ストライプ模様が入った男物の浴衣と帯、それにビニールに入ったステテコを畳んで持っている。

「あっ。は、はい。さすがに……」

「これ、主人のお古の浴衣なんだけど、貸してあげる。主人の若い頃と今の幹久くん、背格好が近いからちょうどいいはずよ。せっかくお祭りに行くなら、浴衣を着たほうがいいでしょう？　さあ、早く着替えに行きなさい」

そう言って、優子が手にした浴衣などを押しつけるように幹久に渡す。

「えっ？　あ、あの……祭りに行っていいんですか？」

「もちろんよ。帆奈美も、そろそろ準備が終わる頃じゃないかしら？」

浴衣を受け取った幹久が困惑して訊くと、女将が笑顔で応じた。

そういえば、先ほどから又従妹の姿を見かけていなかったが、どうやら着替えるため一足先に隣の自宅に戻ったらしい。

帆奈美も、浴衣の着付けサービスを手伝っているので、自力で正しい着付けができるのだろう。それに、彼女は静佳や伊織ほどのバストサイズの持ち主ではないが、出るところはちゃんと出ているため体型補正が必要で、着付けにもそれなりに手間がかかるのに違いあるまい。

それにしても、祭りに行かないことを考えていただけに、こうして行く前提で話を進められると、嬉しさもある反面、緊張も覚えずにはいられなかった。

何より、帆奈美の母からこのように言われると、親公認の仲という気もしてこそばゆさが否めない。

結局、幹久は寮の自室に戻って、浴衣を着用することになった。

もっとも、自前のVネックのTシャツを着て借りたステテコを穿き浴衣を着用して帯を締めれば、男性の着付けは基本的に終わる。

優子の言葉どおり、浴衣のサイズはあつらえたようにピッタリだった。また、「お古」と言っていたが、しっかり管理していたのか、古ぼけた感じはまったくなく、少なくとも夜の祭りに行くのに支障は感じない。

幹久は、鏡を見ながら衿を整えると、信玄袋に財布とスマートフォンを入れて部屋を出た。

それから雪駄《せった》を履き、引き戸を開けると、ちょうど浴衣姿の帆奈美が玄関前に来たところだった。おかげで、バッタリ鉢合わせした格好になってしまう。

「あっ。み、幹久くん……」

「ほ、帆奈美ちゃん……」

幹久は言葉を失って、つい又従妹の姿に見とれていた。

彼女が着用している浴衣は、白地に赤やピンクの花が描かれたカラフルなもので、赤い帯が愛らしさをいっそう引き立てて見える。このデザインの浴衣は宿で見たことがないので、おそらく自分の持ち物なのだろう。

また、アップにした髪には、白いトンボ玉に赤い金魚が描かれたかんざしを挿していた。それが、仕事で目にしているのとは異なる魅力になっている気がしてならない。それに、手に持った山吹色の巾着《きんちゃく》袋も、浴衣とよく合っている。

「ど、どうかな、わたしの浴衣？」

不安そうに聞かれて、幹久はようやく我に返った。

「う、うん。とっても似合っている」

「そう？　えっと、ありがとう。幹久くんも、その浴衣が似合っているよ。それ、お父さんのお古だってお母さんが言っていたけど、サイズがピッタリだね？」

「うん、そうだね。自分でも、着てみて驚いた」

照れくさそうに言う帆奈美に対し、幹久は胸の高鳴りをどうにか抑えながらそう応じていた。

それから、二人はいったん宿に行って優子に声をかけてから、肩を並べて夏祭りの会場となっている桜並木の通りへと歩きだしたのだった。

ただ、夕暮れに二人きりで歩いていると、何を話していいかさっぱり分からない。

(えっと、浴衣は褒めたし、話題、話題……うおー、なんも思いつかねー!)

と、幹久は内心で頭を抱えていた。

静佳と伊織と関係を持ち、双方からペニスを褒めてもらえたことで、男としての自信はそれなりについた気はしている。それに、女性と共に歩くのも経験済みなのだから、もう少しリードできるかと思っていたのだが、帆奈美と一緒だと緊張のせいか頭がまったく働いてくれなかった。

よくよく考えてみると、年上の二人は自ら話題を提供してくれたので、会話が妙に途切れるということがなかった。しかし、帆奈美は恥ずかしそうに俯《うつむ》いて歩いているため、お互い沈黙するしかないのである。

こういうとき、機転が利かない自分の性格が、しみじみ嫌になってしまう。

そうして、話題がないまま会場に到着したのは、ちょうど日が暮れた時間だった。

既に祭りは始まっており、川沿いの並木通りは多くの露店と大勢の客で賑わっている。

日が沈んであたりはすっかり暗くなったが、露店の照明やそこかしこに飾られた提《ちょう》灯《ちん》の明かりで、会場内はとても明るい。ただ、陽光とは異なるややオレンジがかった色合いに染まり、いかにも「祭り」という雰囲気がより強まっている気がする。

ちなみに、子供の頃は二十時前までに「美海亭」へ戻るようにしていたため、祭りの会場を十九時半にはあとにしていた。そのぶん早く会場に来ており、夜のお祭りの雰囲気を充分に楽しめなかった記憶がある。

そんなことを考えながら、幹久は帆奈美と共に露店を回ることになった。

とはいえ、さすがに昔のように射的《しゃてき》や金魚すくいで遊ぶ気にはならず、また晩ご飯を食べずに出てきたこともあって、もっぱら食べ歩きを楽しむ感じになったのだが。

ただ、幹久の地元では見ない食べ物の屋台が出ていたりして話題に事欠かず、先ほどの沈黙が嘘のように彼女と話せたのはありがたかった、と言えるだろう。

（だけど、この明かりだと帆奈美ちゃんのうなじが、すごく色っぽく見えて……）

幹久は、機嫌よさそうに駄菓子を頬《ほお》ばる又従妹を横目で見ながら、せっかく我慢していた胸の高鳴りが再び起きるのを抑えられずにいた。

オレンジがかった照明の下で見る彼女の首筋には、太陽光の下で目にしたのとは違う色気が感じられた。それは、祭りの華《はな》やかな雰囲気と相まって、月光とも異なる独特のものに思える。しかも、ずっと思いを寄せていた相手のうなじなのだから、感慨もひとしおと言っていい。

おかげで、この場でむしゃぶりつきたい衝動が湧いてきたものの、幹久はなんとかそれを抑え込んだ。

さすがに、公衆の面前で女性のうなじに口をつけたりしたら、変態のそしりは免れられまい。そんなことになったら、帆奈美との関係だけでなく人生そのものが終わってしまいそうだ。

そう考えて、どうにか彼女から目をそらす。

そして、しばらく沈黙の時間が流れたとき、口に入れていた駄菓子がなくなった又従妹が口を開いた。

「あ、あのさ……花火まで、あと三十分くらいだよね？」

「えっ？　あっ、うん、そう……だね。そういえば、子供の頃は花火の時間までここにいられなくて、随分と駄々をこねたっけ」

と、幹久が応じると帆奈美が頷いた。

「そうそう。ウチからだと、花火がちっとも見えないもんね？」

K町の夏祭りのクライマックスを彩る花火は、桜並木を海側に下った先にある浜の海上から打ち上げられる。しかし、そこは「美海亭」の立地だと、ちょうど向かいの山に遮られてしまう。そのため、海上で繰り広げられるナイアガラなどの仕掛け花火はもちろん、打ち上げ花火すら見えず、ただ音が聞こえてくるだけなのだ。景観のよさを売りにしている「美海亭」だが、これだけは残念な部分と言える。

「じゃあ、花火の会場に行く？」

幹久がそう訊くと、帆奈美が首を横に振った。

「ううん……えっと、ね。実は、花火を綺麗に見られる穴場を、お母さんから教えてもらったんだけど……そっちに行かない？」

「穴場か。そうだね。俺も、人混みにちょっと疲れたし」

と、幹久は彼女の怖ず怖ずといった感じの提案を、特に疑問も抱かず受け入れた。

実際、花火目当てなのだろうが、いつの間にか海側に向かう人が増えて、逆らって歩くのが大変なくらいになっている。おそらく、海岸やその周辺は座る場所がないくらい人が溢れるに違いあるまい。

賑やかなのが嫌いなわけではないが、ほぼ一日働いたあとなので、座るのもままならない混雑の中にいるのは可能なら避けたい、という思いがある。

「じゃあ、行こうか？」

と、又従妹が歩きだしたので、幹久は黙ってあとについて行くことにした。

5

帆奈美は、人の流れから外れると、「美海亭」から花火会場方向の視界を遮る山のほうに向かった。そして、十五分ほど歩いて何本かの道を曲がってから、地面を削って作られた参道とおぼしき細い階段まで来ると、スマートフォンのライトで足元を照らしながら上りだす。

(帆奈美ちゃん、どこへ行く気なんだ?)

と、内心で首を捻りつつ、後ろについてあまり整備されていない階段をしばらく上っていくと、やがて全高が一・五メートルほどの古ぼけた木製の祠《ほこら》がある、山の中腹の開けた場所に出た。とはいえ、平地の広さはトータルで三畳ほどしかなく、祠以外は本当に何もない。一応、人の手は入っているらしく雑草は生えていないものの、なんとも殺風景なところである。

ただ、海に面した東側が開けており、前方の木が若干邪魔だが景観は充分と言っていい。また、花火の会場まで若干距離はあって斜め方向から眺める格好になるものの、なかなかいい案配の位置である。しかも、階段を除いた後ろと左右は木々に覆《おお》われているため、余計な明かりもない。

「帆奈美ちゃん、ここ？」

「うん。お母さんの話だと、地元でも知っている人は限られているらしいよ。わたしも、教わるまで知らなかったし」

　幹久の質問に、帆奈美がそう応じる。

　なんでも、この祠はいつ建てられたのかも分からないくらい古くからあるものの、立地がよくないことと、何を祀《まつ》っているかすら不明なこともあって、人がほとんど寄りつかず、大半の人から忘れ去られた存在になってしまったらしい。

　実際、木が邪魔になって下からは祠のある場所を見るのは不可能だ。おまけに、これだけ目立たず狭い場所となれば、誰も気にとめていなくても不思議ではあるまい。また、地元民すら知っている人が少ないのなら、観光客が来ることもまずないだろう。まさに、穴場中の穴場と言える。

　ここならば、花火をのんびり眺められそうだ。

（だけど、こんな場所で帆奈美ちゃんと二人きり……）

　そう考えると、今さらのように緊張せずにはいられない。

　それに、二人きりだからだろうか、月明かりに浮かぶ又従妹の横顔が、いつになく美しく見える。

もちろん、そこそこ歩き階段を上ったせいか、彼女の顔はやや汗ばみ、息も乱れていた。しかし、今はそれすらも男心をくすぐる魅力に思えてならない。

ただ、同時に帆奈美も他に誰もいない状況に緊張しているのか、やや硬い表情を見せていた。

そんな姿にも、自然と胸が高鳴ってしまう。

「えっと……花火まで、まだ少し時間があるみたいだね？」

「う、うん。そうだね……」

どうにか話題を振ったが、正面を向いたままの又従妹は固い声で短い返事をしてきただけだった。おかげで、それ以上は言葉が続けられなくなる。

(うう……花火が始まれば、感想なんかを話せると思うんだけど。早く、始まらないかな？)

どうにもならず、そんなことを思った幹久は、ひとまず帆奈美から目を離して人が集まっている海岸のほうを見た。

それでも、横目で隣の又従妹を気にしていると、彼女は呼吸を整えてから何度か何か言いたげな素振りを見せていた。そして、ようやく「はぁー」と大きく息を吐いてから、意を決したようにこちらを向く。

「あ、あの……幹久くん？」

と呼びかけられ、「何？」と帆奈美の顔を見た幹久は、今までにないくらい真剣な彼女の表情に思わず息を呑んでいた。それと同時に、蒸し暑いのに背中に冷たい汗が流れるような妙な緊張を覚えてしまう。

そうして、幹久が次の言葉を待っていると、

「えっとね。わたし、その……幹久くんのことが……えっと、す、好き、なの」

月明かりの下でもはっきり分かるくらい顔を赤くしながら、帆奈美が絞り出すように言った。元来の性格から考えて、彼女がかなりの決意で今の言葉を発したのは、否応なく伝わってくる。

（えっ……ほ、帆奈美ちゃんが俺のことを好き？　それって、お兄ちゃんみたいなって意味じゃないよな？）

もちろん、「兄のような存在」としての親愛の情なら、わざわざこんな場所でこのような告白をするはずがない。だが、情欲と緊張を抑えるので精一杯だった幹久には、そういうことを考える余裕もなかった。

ただ、幹久は又従妹から予想外のタイミングでされた告白にどう応じていいか分か

らず、沈黙するしかなかった。

もとより、自身も帆奈美が好きなので、実は両思いだと分かって嬉しい気持ちはある。本来であれば、「俺も帆奈美ちゃんが女性として好きだ」と応じたかった。

しかし、脳裏に客の爆乳美女と仲居の巨乳未亡人の姿が浮かんで、幹久は自分の気持ちを口にするのをためらっていた。

彼女たちとはセックスフレンドのような関係だ、と割り切っていれば、さほど気にしなくてもいいのかもしれない。だが、幹久はそこまでドライに考えられる性格をしていなかった。

既に、複数回の関係を結んで情が移った相手が二人いるのに、思い人からの告白にほいほいと首を縦に振っていいのか？　そうした罪悪感混じりの思いがあって、自身の素直な気持ちを彼女に伝えることに躊躇してしまう。

そんなことを考えて幹久が黙りこんでいると、帆奈美がなんとも悲しげな表情を浮かべて口を開いた。

「やっぱり、わたしは妹みたいな感じなのかな？　幹久くんは、静佳さんや伊織さんみたいな年上でオッパイの大きい女の人が好きっぽいし、最近わたしのことをなんだか避けているみたいで……」

とんでもない誤解をしていたらしく、そんなことを言った又従妹が、涙目になって強張った笑みを見せた。

「ゴメンね、困らせるようなことを言って。大丈夫だよ、明日からちゃんと今までどおりにするから。でも、今日はもう帰るね」

と言って、帆奈美がその場を去ろうとする。

幹久は、ほとんど反射的に彼女の手を摑んでいた。

こちらの行動に、又従妹が振り向き、涙で濡れた目を向けてくる。

「違うんだ！　俺も、帆奈美ちゃんが好きなんだよ！」

もはやあれこれ考えることも忘れて、幹久は本音を口にしていた。

その告白に、帆奈美が目を丸くする。

「嘘……だって幹久くん、静佳さんと伊織さんをすごく意識していて……」

先ほどの言葉で分かっていたが、彼女もさすがに幹久と年上美女たちとの関係の変化を察していたらしい。

ただ、こうなると誤魔化しようがなく、採れる方法は一つしか思い浮かばなかった。

「静佳さんと伊織さんのことは、誤解……って言うか、話すとちょっと長くなるんだけど、怒らないで聞いてくれるかな？」

そう言って、幹久は客のバツイチ爆乳美女と従業員の未亡人仲居と身体の関係を持つに至った経緯を、かいつまんで説明した。

ただし、両方とも恋愛感情ではなく性的なフラストレーションを溜めていたから求められた、ということはしっかり強調しておく。

こちらの話を、帆奈美は驚きの表情を浮かべて聞いていた。又従兄が、二人の年上美女と肉体関係まで持っていたとは、さすがに想像もしていなかったらしい。

「……というわけでさ。その、他の人とエッチしちゃったから、帆奈美ちゃんに気まずさを感じるようになっちゃったんだ」

幹久が、そう言って話し終えると、又従妹は考え込む素振りを見せた。おそらく、今の話にどう反応していいか分からず、混乱を来《きた》しているのだろう。

ややあって、帆奈美がようやく顔を上げた。

「幹久くん、目をつぶってくれる？」

「えっ？　なんで？」

突然の指示に幹久が困惑の声をあげると、彼女がムッとした表情を浮かべた。

「いいから、早くっ」

やや声を荒らげてそう言われると、さすがに逆らうことはできない。

（引っぱたかれるのかな？　まぁ、それも仕方ないとは思うけど）

そう考えながら覚悟を決め、目を閉じて歯を食いしばる。

だが、次の瞬間に訪れたのは、頬の痛みではなく唇に柔らかなものが重なる感触だった。

思わず目を開けると、又従妹の顔がこれ以上ないくらい近くに見える。

（き、キス……帆奈美ちゃんが、俺に……？）

と察した途端、頭の中が沸騰しそうなくらい全身が火照ってきた。

彼女のぬくもりや匂いを間近で感じられると、それだけで今まで抑えていた興奮が一気に噴火してしまう。

帆奈美はすぐに唇を離し、目を開けるなり上目遣いにこちらを見つめて頬をふくらませた。

「もう、目を閉じていてって言ったのに……」

「えっと、ゴメン。でも、その、今のは……？」

「わたしの気持ち……静佳さんと伊織さんには、絶対に負けたくないから」

そう言って、彼女が抱きついてきた。

こうして、改めて又従妹のぬくもりを感じると、欲望がとめどもなく湧き上がってくる。また、彼女の行動が意味するものは、いくら「頭が固くて融通が利かない」と言われる人間でも、容易に理解できる。

「ほ、本当に、いいの？」

「うん。わたしの初めては、幹久くんにあげたいって思っていたし……ああ、もうっ。恥ずかしいよっ」

こちらの問いかけに、彼女がそう応じていっそう顔を胸に強く押し当ててきた。暗がりで分かりにくいが、おそらく顔が真っ赤になっている自覚があるのだろう。

このように言われると、こちらも自分の気持ちを抑える気になどならない。

「帆奈美ちゃん……」

と肩を摑むと、又従妹がようやく顔を上げ、目を閉じて唇を突き出す。

幹久は、そんな彼女に今度は自ら唇を重ねた。

それと同時に、二人の気持ちが重なったことを祝福するかのように、打ち上げ花火が上がり始めて、あたりをカラフルに照らしだすのだった。

6

花火の光が周囲を明るく照らし、大きな音が鳴り響く。

そんな中、幹久は帆奈美と舌を絡ませるキスを続けていた。

「んちゅ……じゅる、んむ……」

こちらが舌を動かすたび、又従妹の口からくぐもった声がこぼれ出る。

ただ、怖ず怖ずとながら自ら舌を動かしてくれるので、幹久のほうもしっかりと快感を得られる。

それに、先ほどまで彼女が食べていた駄菓子の味や風味が舌や鼻腔から流れ込んでくるのも、妙に生々しく思えて興奮をいっそう煽る。

ひとしきり舌を絡ませ合ってから、幹久は息苦しさを感じて唇を離した。

「ふはあっ。はぁ、はぁ、幹久くぅん……」

帆奈美も息苦しかったのか、呼吸を乱しながらこちらの名を口にした。ただ、花火の明かりでもはっきり分かるくらい顔を上気させ、目も潤ませている。初めてのディープキスで、相当に昂ったのは間違いなさそうだ。

そんな彼女の姿が、なんともエロティックに見えてならない。

「浴衣、脱がしてもいい？」

欲望を抑えられずにそう問いかけると、又従妹が小さく息を呑んでから、恥ずかしそうに頷く。

許可が出たので、幹久は緊張しながら帯に手を伸ばした。

（そういえば、静佳さんも伊織さんも、きちんと着付けた浴衣のときは自分で脱いでいたっけ。俺が全部脱がすのって、初めてなんだよな）

今さらながらそのことに思いが至ると、いっそうの胸の高鳴りを禁じ得ない。

それでも意を決して、幹久は後ろの結び目をほどいて帯を外し、帯板を露出させた。

そして、いささか罰当たりと思いつつ、汚れないように祠の土台に帯を置く。

さらに、細い腰紐をほどいて浴衣の前をはだけると、腰にタオルが巻かれた状態の肌襦袢が姿を見せる。

それから、タオルを取って襦袢もはだけると、静佳や伊織と違っていきなり乳房が現れた。帆奈美のバストサイズならば、和装ブラで胸を補正しなくても大丈夫だったらしい。また、下は、白いシンプルなデザインのショーツである。

（おおっ。これが、帆奈美ちゃんの生オッパイ……）

幹久は、つい手を止めてバストに見とれていた。

幼少時は、一緒に風呂に入ったこともあるが、少なくとも小学生以降は又従妹の裸を目にしていなかった。それだけに、成長した彼女の胸を見ると、なんとも言えない感慨深さを抱かずにはいられない。

もちろん、ボリュームだけなら静佳や伊織のほうが大きい。だが、異性が触れたことのないお椀《わん》型の整ったふくらみからは、大きさだけでは計れない艶やかさが感じられる気がする。加えて、花火のカラフルな明かりが、その魅力をいっそう引き立てているような気がしてならなかった。

「幹久くん、その、オッパイをあんまりジロジロ見られると、恥ずかしいよぉ」

と、消え入りそうな声で抗議されて、幹久はようやく我に返った。

「あっ、ゴメン。すごく綺麗だから、つい……」

「えっ？　う、嘘。だって、わたし、静佳さんや伊織さんほど大きくないし……」

こちらの言い訳に、帆奈美がそんなことを口にする。

彼女のバストも充分な大きさがある、と幹久は思うのだが、これは比較対象が悪すぎるとしか言いようがない。

「大きさなんて関係ないよ。帆奈美ちゃんのオッパイ、すごく綺麗だ。触ってもいいかな？」

そう幹久が言うと、又従妹は小さく息を呑んでから、コクリと頷いて視線をそらした。さすがに、行為を許しても恥ずかしいものは恥ずかしいのだろう。

許可を得られたので、幹久は胸の高鳴りをどうにか抑えつつ、思い人の乳房に手を這わせた。

そうして手が触れた途端、帆奈美が食いしばった歯の間から「んんっ」と声をこぼして身体を強張らせる。

幹久は、構わずに指に軽く力を込めて、ふくらみを優しく揉みしだきだした。

「んっ。あっ、やんっ、んんっ、ふあっ……」

手の動きに合わせて、又従妹の口から甘い喘ぎ声がこぼれだす。

(帆奈美ちゃんのオッパイ、弾力が強めだけと、俺の手にいい感じに馴染むような気がする)

幹久は、彼女の乳房を鷲掴みにして揉みながら、そんなことを考えていた。

バツイチ美女や未亡人仲居の大きなバストが、揉みごたえという点で帆奈美に勝るのは紛れもない事実である。しかし、又従妹のふくらみはサイズ感がちょうどよく、まるで幹久の手のためにあつらえられたかの如くしっくりくるように思えた。

それに、若いからか肌触りも年上の二人よりなめらかで、手が皮膚に吸いついて胸と一体化するような感覚もある。

（もっとオッパイを揉みたい。けど、帆奈美ちゃんはまだ緊張しているみたいだな）

幹久は、優しい愛撫を続けながら、そう分析していた。

異性に乳房を揉まれるのが初めてだからなのだろう、帆奈美は小さな喘ぎ声をこぼしながらも、俯いたまま身体を強張らせていた。やはり、愛撫をあっさり受け入れた経験者の二人とはかなり違う、と言わざるを得ない。

（どうしよう？　おそらく、俺を正面から見るのが恥ずかしいからだろうし、このまま立っているのも支えがなくて……あっ、そうだ！　だったら……）

一つの方法が閃《ひらめ》き、幹久はいったん愛撫をやめて手を離した。

すると、帆奈美が「えっ？」と疑問の声をあげて顔を上げ、こちらを見る。

「帆奈美ちゃん、後ろを向いてくれる？　そうしたら、俺の顔が見えないから緊張しなくなるんじゃないかな？」

「後ろ？　うん、分かった」

幹久のリクエストに、又従妹が素直に頷き、そのまま背を向ける。

（はだけた浴衣って、後ろから見てもエロイなぁ）

と思いながら、幹久は彼女の背後から両手を前に回し、改めて乳房を鷲掴みにした。

それだけで、帆奈美が「ふやんっ」とおとがいを反らして甲高い声をこぼす。

幹久は、構わずに先ほどよりもやや強めにバストを揉みしだきだした。

「んあっ、幹久くんのっ、んんっ、手がぁ。あんっ、これぇ……んはっ、ああっ、あんっ……」

又従妹の口から、そんな甘い喘ぎ声がこぼれ出る。

顔は見えないものの、正面からしていたときより身体の力が抜けているのは間違いない。そのぶん、気持ちよさをしっかりと感じているのだろう。

(やっぱり、立ったままのときは後ろからのほうが揉みやすいな。これは、俺にとってもよかったかも)

そんなことを思いながら、幹久はさらに手に力を込めた。

「んはあっ、あんっ。んっ、んむっ、んんんっ……！」

と、帆奈美が声を殺して喘ぐ。

ここに人は来ないだろうし、花火の音があたりに響いているので、声を聞かれることはないはずだ。しかし、それでもさすがに恥ずかしいのに変わりはないのだろう。

(だけど、こうしていると帆奈美ちゃんのうなじが……)

間近に見える又従妹の白い首筋に、幹久は自然と目が釘付けになっていた。

丁寧にアップにされたうなじは、花火の明かりのおかげもあるのか、先ほどよりも色気が増して見える。

幹久は、乳房への愛撫を続けたまま、吸い寄せられるように彼女の首筋に舌を這わせた。

「レロロ……」

「ふやあんっ！　そこぉ！」

ここまで声を我慢していた帆奈美が、素っ頓狂な声をあたりに響かせる。どうやら、うなじを舐められるのは予想外だったらしい。

それでも幹久は、構わずにそこへの愛撫を続けた。

「レロ、レロ……チロロ……」

「あっ、やんっ！　はううっ、オッパイとっ、あんっ、うなじぃ！　はうっ、これっ、あんっ、変！　んあっ、あんっ、んんんっ……！」

甲高い喘ぎ声をこぼした又従妹だったが、どうにか途中で声を殺す。だが、さすがに抑えきれずにいるのが、手に取るように分かる。

（帆奈美ちゃんも、うなじへの責めが予想以上に効果的だったか）

いつの間にか、彼女の身体からは力がすっかり抜けていた。また、喘ぎ声からも緊張した様子がなくなり、強めにバストを揉んでも充分に感じているのが分かる。

（これだけ気持ちよさそうなら、もしかして……）

そう考えた幹久は、片手を乳房から離すと、そのままショーツ越しに股間に指を這わせた。

布地越しとはいえ、指が秘裂に触れた瞬間、帆奈美が「んやあっ！」と甲高い声をあげておとがいを反らす。

「やっぱり。オマ×コ、けっこう濡れているね？」

指からの感触を確認して、幹久はうなじから舌を離し、愛撫の手を止めて、彼女の耳元で囁くように指摘した。それだけで、又従妹が身体を小さく震わせる。

事実、既に布地の割れ目に接する部分は、液が染みだすほど潤っていた。初めてでここまで濡れるというのは、いささか想定外と言うしかない。

「んあっ……だってぇ、いつか幹久くんとこうなることを想像して、いつも一人でしていたからぁ。実際にされたら、身体が勝手にぃ」

と、帆奈美が言い訳を口にする。

どうやら、日頃から幹久を思いながら自慰に耽っていたため、条件反射的に肉体が反応してしまったらしい。

（そんなに俺のことを……嬉しいなぁ。だけど、下着の替えは持ってきてないだろうし、今以上に濡れたら帰りはノーパンになっちゃうかもしれないな）

そう考えると、次にやるべきことは一つしかない。

「パンツ、脱がすよ？」

「えっ？　あっ……い、いいよ、自分で脱ぐから」

こちらの提案に、又従妹が少し慌てたように応じた。さすがに、男に下着を脱がされるのは恥ずかしいのだろう。

「駄目。浴衣も俺がはだけさせたんだから、パンツも脱がしたいんだよ」

そう畳みかけると、彼女はやや躊躇してから「わ、分かった……」と小声で言った。

そこで、幹久は帆奈美の前に回り込むと、しゃがみ込んでショーツに両手をかけた。

そして、一気に足の下まで引き下げる。

すると、彼女が足を動かして草履を脱いだので、それに合わせて下着を抜き取って、祠の土台に置く。

それから幹久は、改めて彼女の股間に目をやった。

事前に確認したとおり、そこは既に蜜をしたためている。

「幹久くん。すごく恥ずかしいから、そんなところあんまり見つめないでよぉ」

恥部に見とれていると、帆奈美がそう訴えてくる。

だが、幹久はそこから目を離せずにいた。

淡い恥毛に覆われた男を知らない秘部が、花火と月明かりに浮かび上がって見えているのが、なんとも幻想的に見えてならない。ましてや、思い人のもっとも恥ずかしい部分なのだから、感慨もひとしおだ。

これが、セックス経験者の静佳や伊織であれば、すぐにでも挿入しただろう。

(けど、帆奈美ちゃんは初めてだから、もっと濡らしてあげたほうがいいかな?)

そう考えた幹久は、吸い寄せられるように秘部に口を近づけた。

「えっ? み、幹久くん? まさか……ちょっと、やめ……ふやあんっ!」

困惑の言葉を無視して、幹久が腰を摑んで濡れそぼった秘裂に舌を這わせると、途端に又従妹がおとがいを反らして素っ頓狂な声をあげた。

知識としては、クンニリングスを知っていたのかもしれないが、さすがにこの段階で舐められるとは思ってもみなかったのだろう。

「レロ、レロ……ピチャ、ピチャ……」

「ひあっ、それっ、あんっ、感じ……んはっ、声がっ、あんっ、出ちゃうぅぅ！ あんっ、ああっ……！」

快感を堪えられなかったらしく、帆奈美が花火の音に負けないような大声で喘ぐ。

（これが、帆奈美ちゃんの匂いと味……）

秘部に舌を這わせながら、幹久は大きな感動を覚えていた。

こうして異性の秘部の匂いを嗅ぎ、溢れる蜜を味わっていると、それだけで牡の興奮がいっそう煽られる。

「ああっ、それぇ！　あんっ、やあっ、感じすぎっ……はあっ、足がっ、ああんっ、立ってっ、んはっ、いられなくぅ！　あんっ、はううっ……！」

帆奈美が、天を仰いだまままそんなことを口走る。

（おっ。愛液の量が増えて、なんだか少し粘り気も出てきたような？）

構わずに舐め続けていた幹久は、彼女の肉体の変化に気付いた。おそらく、肉体的には男を迎え入れる準備が整ったのだろう。

それに、帆奈美は膝をガクガクと震わせていた。このままでは、身体を支えていられなくなるのは間違いあるまい。

その又従妹の様子に、こちらもいよいよ欲求を抑えられなくなってしまう。

そこで幹久は、秘部から口を離して立ち上がった。

性電気の注入が止まって、帆奈美が「ふあああ……」と安堵したような声を漏らし、フラフラと近くの木に背を預けた。そうしないと、地べたにへたり込んでしまいそうなのだろう。

そんな彼女を横目に、幹久は自分の浴衣の帯をほどき、前をはだけてTシャツとステテコを露わにした。そうして、ステテコとパンツを脱いで一物を露出させ、それらを祠の土台の上に置く。

「きゃっ。そ、それが……チン×ンって、そんなに大きくなるんだ？」

と、こちらの下半身に目を向けた帆奈美が驚きの声をあげる。

小学校低学年まで一緒に入浴したことがあるため、おそらく彼女にもおぼろげにでもペニスの記憶はあるはずだ。しかし、こうしていきり立ったモノを目にしたのは初めてなので困惑しているのは、表情を見ただけでありありと伝わってくる。

「帆奈美ちゃん、俺もう我慢できないよ。挿《い》れていい？」

幹久は、彼女に近づきながらそう問いかけた。

もちろん、今の昂り具合から鑑みると、本来ならば挿入前に女性の奉仕で一発抜いておきたい気はしている。だが、いくら穴場とはいえこんな場所で時間をかけて行為をしていたら、いつ誰に見られるとも限らない。

また、花火が終わったら声をかき消すものもなくなってしまう。確かに、周囲にひと気がないし、道路までは森に覆われた階段をしばらく歩くくらい離れているので、木々のざわめきで声は聞こえないかもしれないが、それでもリスクはゼロではない。そんなシチュエーションに、奇妙な興奮を覚えているのは間違いないが、本当に他人に見られたいわけではないので、今回はなるべく早く終わらせたほうがいいだろう。

「い、いいけど……そんなの、入るのかな？」

一方の帆奈美が、なんとも心配そうに勃起を見つめながら言う。

初めてのセックスを前に、さすがに少し怖じ気づいているらしい。

「大丈夫だよ。俺を信じて、全部任せて」

優しくそう声をかけると、彼女は強張った表情のまま「う、うん……」と小さく頷いた。その顔を見る限り、どうやらこちらを信じる気持ちで、緊張と不安を抑え込んでいるようである。

（それにしても、「俺に任せて」か。こんなことを言えるのも、静佳さんと伊織さんとエッチしていたおかげだよな）

幹久は、そう思って内心で苦笑いしていた。

もしも、童貞のまま今の状況を迎えていたら頭が真っ白になって、とても「任せて」とは言えなかっただろう。その場合、どうしていいか分からなくなって、欲望に任せた行為で帆奈美に辛い思いをさせていたかもしれない。

そう考えると、爆乳美女から「経験しておいたほうがいい」と言われた意味が、今さらのように理解できた気がする。

「じゃあ、帆奈美ちゃん？　後ろ向きになって、木を摑んでお尻をこっちに出してくれる？」

「えっ？　あっ……う、うん。えっと、こう？」

こちらの指示を受けて、又従妹が言われたとおりの体勢になる。

幹久は彼女の背後に立つと、浴衣と襦袢をめくりあげて丸みのあるヒップを露わにした。

「ああ、お尻を見られて……この格好、すごく恥ずかしいよぉ」

帆奈美が、そんな声をあげて腰を小さく振る。

しかし、彼女の気持ちは分かるものの、恥ずかしがる姿がいっそう劣情をそそってやまなかった。

（それに、帆奈美ちゃんのお尻、丸くてとっても綺麗だし……）

とにかく、月明かりと花火の色に浮かび上がる双丘が、なんとも艶めかしいものに思えてならない。

その興奮のまま、幹久は片手で彼女のヒップを掴み、もう片手で一物を握って濡れそぼった割れ目に先端をあてがった。

それだけで、帆奈美が「あっ」と声を漏らして、身体を強張らせる。さすがに、緊張を隠せないらしい。

そこで、幹久は先端で秘裂を軽く擦るように、腰を小さく動かしだした。

「んあっ、それぇ。あんっ、その刺激っ、んやっ、いいよっ。んはあ、ああ……」

素股に近い刺激で、たちまち帆奈美が甘い声をあげだす。

（くうっ。先っぽが気持ちよくて、すぐにでも出したくなるけど……）

幹久は暴発しないように、どうにか気持ちを落ち着けて、又従妹の様子を観察した。

快感のおかげか、彼女の身体からは先ほどより力が抜けてきた気がする。

そして間もなく、「んはっ」と声をあげた帆奈美の腰が小さく揺れて、明らかに全身から力《りき》みがなくなった。

（よし、今だ！）

と、幹久は割れ目に亀頭を挿入した。

「んあああっ！」

同時に、帆奈美が甲高い声をあげる。

それでも構わず奥に進むと、すぐに静佳や伊織では感じなかった抵抗があり、幹久はそこでいったん動きを止めた。

これこそが、彼女の処女の証《あか》しなのは間違いない。

(本当に、俺が帆奈美ちゃんの初めての相手でいいのか?)

処女膜の存在を意識すると、そんな思いと責任の重さが、今さらのように幹久の心に湧き上がってきた。

人それぞれの価値観はあろうが、ここまで純潔を守ってきた帆奈美にとって、「初めてを捧げる男」が特別な存在になるのは間違いない。

確かに、幹久は彼女のことが好きだし、向こうもこちらのことを「好き」と言ってくれたのだから、処女をもらってもおかしなことはあるまい。しかし、結婚まで経験済みの二人のときにはまったくなかった、責任の重さを感じずにはいられなかった。

もっとも、又従妹の覚悟は既に示されている。こちらが迷ったり行為を中断したりするのは、むしろ彼女に失礼と言えるだろう。

(責任を気にしてここで逃げたら、さすがに情けなさすぎるぞ)

そう考えた幹久は、思い切って腰に力を込めた。

途端に、ブチッという感触と共に侵入を妨げていた抵抗がなくなる。

「んんんんんっ！　くうううぅぅぅぅぅ!!」

同時に、帆奈美が歯を食いしばりながら声を漏らし、木に爪を立てて身体を強張らせた。

バックから表情は窺えないが、かなり辛そうなことは伝わってくる。それでも大声を出さなかったのは、なかなか大した精神力だと言うべきだろうか？

そんな又従妹の様子を見ていると、つい挿入の速度を緩めたくなる。

（だけど、確かゆっくりするとかえって痛みが長引くって、何かで見たことがあるような気が……）

そのため、幹久は両手で彼女の腰を摑むと、一気に奥までペニスを突き入れて動きを止めた。

すると、帆奈美が「んはあっ！」とおとがいを反らして、花火の音が鳴り響く夜空に大声を響かせた。さすがに、奥を突かれた衝撃は我慢できなかったらしい。

「帆奈美ちゃん、大丈夫？」

「あんまり……痛いよぉ。でも、幹久くんの……ち、チン×ンが入っているの、はっきり感じられるぅ。わたし、本当に幹久くんと一つになれたんだぁ」

顔をこちらに向けて、問いかけにかろうじて返事をした彼女の目からは大粒の涙がこぼれ出ている。それは痛みからか、喜びからか、あるいは両方が入り混じっているのか？

また、結合部に目をやると、そこからはこの明るさでも愛液とは明らかに違う色の液体が筋を作っているのが見えた。それが、破瓜《はか》の証拠なのはいちいち考えるまでもあるまい。

「じゃあ、しばらくこのままでいるからね？」

「……うん、分かったぁ」

抽送への欲求をどうにか抑え込んだ幹久の言葉に、又従妹が安堵したような返事をする。さすがに、今の状態で動かれたらたまらない、と考えていたのだろう。

もっとも、こういった自制心も静佳と伊織との経験がなければ、おそらく身につかなかったはずだ。

あの二人との件で、帆奈美に対する罪悪感は未だに拭えていなかった。しかし、こうして初体験の相手に気遣いができるのは彼女たちのおかげだと思うと、複雑な感情を抱かざるを得ない。

（それにしても……帆奈美ちゃんの中、すごくキツイな）

幹久は気持ちを切り替えつつ、そんなことを思っていた。

初めて男を受け入れた生温かな膣道は、もともとの狭さに加えてまるで異物を排除しようとするかのように肉棒に絡みついてくる。ただ、その膣肉の蠢きが、動かなくてもペニスに甘美な刺激をもたらしてくれるのだ。

ジッとしていると、そういったことがはっきりと感じられる。

(くうっ。これは、どう考えても長くは保《も》たないな)

何しろ、一発出さずに挿入したのだ。こちらも童貞だったら、既に暴発していても不思議ではない。

(少しでも早く、帆奈美ちゃんが気持ちよくなってくれるようにするのは……あっ、そうだ！)

一つの方法を思いついた幹久は、ヒップから手を離すと両手で彼女のバストを鷲掴みにした。そして、ふくらみを揉みしだきながら、首筋にも舌を這わせだす。

「んやあっ！　それっ、あんっ、オッパイとっ、んあっ、うなじぃ！　んあっ、あそこっ、んくうっ、痛いのにぃ……あんっ、気持ちよさもっ、んあっ、来てぇ！　あうっ、はあんっ……！」

たちまち、帆奈美が快感と苦痛の入り混じった声をあげだした。

思った通り、性電気がもたらされたことで、痛みが紛れてきたらしい。

さらに愛撫を続けていると、徐々に彼女の様子が変わってきた。

「んはあっ、ああ……はうっ、だんだん……あんっ、気持ちいいのだけぇ……んああっ、あそこぉ、はうう！　なんだかっ、ああっ、切なくなってぇ！　はあんっ、ひゃうっ、ふあああ……！」

喘ぎ声から苦痛の色が消えて、身体からも次第に余計な力が抜けていく。どうやら、完全に快感が痛みを上回ったらしい。

「帆奈美ちゃん、動いていい？」

様子を見つつ、愛撫を止めて幹久が問いかけると、彼女は小さく首を縦に振った。

「うん……あそこが切なくてぇ、動いて欲しいよぉ」

その返答を受けて、幹久は一歳下の又従妹のバストから手を離した。そして、再び腰を摑んでから、押しつけるような感じで小刻みでゆっくりとした抽送を開始する。

「んっ、あっ、あんっ！　んあっ、はあっ……！」

たちまち、帆奈美の口から甘い喘ぎ声がこぼれ始める。

（声を聞いている限り、痛みはもう感じていないようだけど……）

そう思いつつも、幹久は念のために控えめなピストン運動を続けた。

何しろ、こちらも処女の相手は初めてなので、どう動くべきか見当がつかないのである。

しかし、間もなく幹久は、腰のあたりに熱いものが湧いてくるのを感じた。どうにか我慢していた射精感が、抽送を開始したため一気に込み上げてきたらしい。

すると、帆奈美がこちらに目を向けて口を開いた。

「んあっ。幹久くんっ、あんっ、もっとっ、あぁっ、動いてぇ……んはあっ、もっとっ、ああんっ、いっぱいっ、んふうっ、幹久くんをっ、んはあっ、感じさせてぇ」

甘い声でこのように誘われると、もう我慢などできなくなってしまう。それに、ここまで言われたのならば、これ以上は遠慮する必要などあるまい。

（ただ、俺だけ先に出しちゃってもいいけど、帆奈美ちゃんにそれはちょっと……）

静佳との二回目では、彼女は中出し後もさらに行為の継続を訴えてきた。しかし、又従妹はこれが初体験なので、さすがに同じことをするのは酷だろうし、求めるのも気が引ける。

（それに、初めては一緒にイキたいって俺も思うし。だったら……）

と、幹久はまた腰から手を離して、帆奈美のバストの頂点にある突起を摘まんだ。

そうして、ダイヤルを回すようにクリクリと弄りながら、抽送を続ける。

「ふやっ！　あんっ、ああっ、これっ、やんっ、初めてっ、ふあっ、なのにぃ！　んあっ、すごくっ、はううっ、感じてぇ！　あんっ、あんっ、わたしっ、はううっ、すぐにっ、ああんっ、イッちゃうよぉ！」

と、帆奈美が甲高い声で訴える。

かなりの大声だったが、ちょうど花火もクライマックスを迎えているので、誰かに聞かれる心配もあるまい。

(帆奈美ちゃんも？　あっ、そういえば前戯でけっこう濡らしてあげたからなぁ)

おそらく、破瓜の痛みで下がっていた快感のボルテージが、一気にレッドゾーンに跳ね上がったのだろう。そうであれば、遠慮する必要もなさそうだ。

そこで、幹久は腰の動きを速めた。

(くうっ。オマ×コの中がすごく締まって……どうしよう？　抜くべきか、このまま中に出しちゃうべきか？)

という迷いを抱いたとき、膣肉が急に収縮しだしてペニスに甘美な刺激をもたらす。

途端に、自分でも予想外の早さで射精感がレッドゾーンに達してしまい、幹久は「ううっ」と呻くなり彼女の子宮に白濁液を注ぎ込んでいた。

「んああっ、中にぃ！　はあああぁぁぁぁぁぁぁん!!」

射精と同時に、帆奈美が絶頂の声をあげて大きくのけ反る。

しかし、タイミングよくラストを飾る花火が打ち上がって、いちだんと大きな音があたりに鳴り響き渡った。おそらく、彼女の声は完全にかき消されただろう。

やがて、射精が終わって幹久は一物を抜いた。すると、掻き出された白濁液が地面にボタボタとこぼれ落ちる。

さらに、支えを失った帆奈美は、「ふあああ……」と声を漏らしてその場にへたり込んでしまった。

そんな光景を見ているだけで、新たな欲望が湧き上がってきそうになるが、幹久は昂りをどうにか抑え込んだ。

「ゴメン、本当に中に出しちゃった」

「ううん。わたしも、中に欲しいって思っていたからぁ。それに、お腹の中がすごく熱いの、とっても嬉しいよぉ」

こちらの言葉に、又従妹が目を向けてきて、弱々しく返答しつつ笑みを見せる。

そんな彼女の態度に、幹久も胸を撫で下ろしていた。

そうして二人は、呼吸が落ち着くまで待ってから浴衣を着付け直した。

浴衣を整え終わって海岸を見ると、観客席代わりの海岸はまだ照明で明るかったが、既に人はほとんどいない。豆粒のようなのでよく分からないものの、動きから見て残っているのは後片付けをしている祭りのスタッフだろう。

幹久たちがいる祠のあたりも、すっかり静まりかえって少し不気味なくらいだ。しかし、こうして思いを寄せていた又従妹と心と身体を繋げ、肩を並べて眼下の夜景を眺めていると、それだけでなんとも幸せな気持ちになる。

花火はほとんど見ていなかったが、今日が今までで最も印象に残る夏の日になった、と言っていいだろう。

幹久がそんなことを思っていると、帆奈美がポツリと口を開いた。

「ここね、お母さんがお父さんから夏祭りの日に告白された場所なんだって。だから、わたしも幹久くんとここに来たいって思っていて……でも、告白以上のことまでできて、今すごく幸せだよ」

そう言って微笑《ほほえ》む彼女が、幹久には何より愛《いと》おしく思えてならなかった。

第四章　浴衣美女の裾乱れ大乱宴

1

帆奈美と結ばれてから、五日目の深夜。

幹久は、自室でパジャマに着替えて明かりを消し、布団に入っていたものの、

（はぁ。今日も、相変わらず帆奈美ちゃんは挙動不審だったたし、優子おばさんの圧がちょっと怖かった……）

と、ついつい今日一日の出来事を思い返して、まったく寝付けずにいた。

関係を持った翌日から、帆奈美は幹久とまともに目を合わせようとせず、必要以上に話すのも避けるようになっていた。どうやら、その場では好きな相手に処女を捧げた幸せしか感じていなかったものの、一晩経って大きな羞恥心を抱いてしまったらし

い。もっとも、今は同じところで働く仲間なのだから、過剰に意識するのは当たり前かもしれないが。

また、年上の二人のように平静を装えないのは、年齢差というより帆奈美がもともとは引っ込み思案な性格だったことや、初めてを捧げたことと無関係ではあるまい。

ただ、おかげであれ以来、彼女の態度は伊織だけでなく客の静佳からも心配されるくらい、すっかりおかしくなっていた。

とにかく、こちらの姿を見ると避けるようにそそくさと逃げ出したり、客室の掃除でも幹久と組むのを拒んだりと、態度があまりにも変わりすぎなのである。

もちろん、幹久は又従妹がそうなった原因をよく分かっていた。しかし、「あの夜のことは気にしないで」などと言えるはずがないし、こちらもどうにか平静を装っている状況なので、迂闊《うかつ》な言葉は藪蛇《やぶへび》になりかねない。となると、彼女には無理に近づかないようにして落ち着くまで放置するしか、手を思いつかないのだ。

ただし、優子はさすが母親と言うべきか、それとも娘にあの穴場を教えた時点で予想していたのか、二人の間に何があったか分かっているようだった。そして、すべてを見透かしたような笑みを浮かべ、幹久に「帆奈美のこと、よろしくね？」と言ってくるのである。もっとも、その笑顔が「娘を泣かせたら承知しないわよ」という圧力に感じられたのは、決して思い違いではあるまい。

とはいえ、椎間板ヘルニアの手術で入院していた満夫が一昨日ようやく退院したこともあり、それ以上のツッコミは今のところ受けていないのだが。

満夫は、駅一つ行ったところにある病院でのリハビリのとき以外、当面は家で安静にしているように医者から厳命されたそうで、今日も「美海亭」には顔を出さなかった。そのぶん、優子が宿と自宅を慌ただしく行き来していて、余計な追及を免れられたという面もあろう。

さすがに、夫の世話と女将の仕事を並行してこなしていては、幹久と娘のことが後回しになるのも当然かもしれない。

（静佳さんと伊織さんは、今日も特に変わった様子はなかったけど、俺たちのことに気付かないふりをしているだけかな？　まさか、俺と帆奈美ちゃんがどうなっても興味がない、なんてことはないんだろうけど……どうも、よく分からないや）

などとウジウジ考えていると、どうしても意識が睡眠の方向に向いてくれない。

（はぁ。明日も早いし、マジでそろそろ寝なきゃ。ヒツジでも数えるか？）

と思った矢先、遠慮がちに部屋のドアがノックされた。そして、

『幹久くん、起きてる？』

と又従妹の抑えた声が、ドア向こうから聞こえてくる。

「帆奈美ちゃん？　お、起きているよ」

驚きを隠せないまま、幹久は布団から飛び起きて明かりを点けると、ドアを開けた。

すると、「美海亭」の客が着用する浴衣姿の帆奈美が、リビングの照明も点けずにドアの前に立っていた。

もっとも、浴衣を着ているとはいえ、今は髪を下ろしたままである。また、いつものしっかりした着付けと違って、帯の上に胸のふくらみが見えるので、ノーブラの可能性が高い。そんなことを思うと、まるで彼女と別の温泉旅館に泊まりに来ているような気がしてならない。

「どうしたのさ、こんな時間に？　それに、その格好は……？」

「あ、うん。その、とりあえず部屋に入っていいかな？」

こちらの疑問をはぐらかすように、一歳下の又従妹が恥ずかしそうに訊いてくる。

断ることもできないので、幹久は部屋に彼女を入れた。

室内に入ると、帆奈美が畳に正座した。

そのため、幹久も彼女の前に座ってあぐらをかく。

すると、又従妹が少しモジモジしてから怖ず怖ずと口を開いた。

「えっとね……わたし、いつもは寝るときパジャマなんだけど、この格好のほうが幹久くんが悦ぶかな、と思って……幹久くん、浴衣が好きだし」

その指摘は事実なので、こちらとしても反論の余地はない。

何しろ、こうして旅館の浴衣姿の彼女を見ているだけで、パジャマの奥の一物が体積を増しそうになっているのだ。

「それで、ここに来たのは……い、言わなくても、その、分かる……よね？」

帆奈美が顔を真っ赤にして、俯きながらそう問いかけてくる。

（そりゃあ、思わず「どうしたの？」って聞いちゃったけど、こんな時間に浴衣姿で男の部屋に来るなんて、理由は一つしかないよな）

幹久は、真面目すぎて融通が利かず、また「朴念仁《ぼくねんじん》」と評されることもあった。だが、静佳と伊織との経験を経て、さすがにこれくらいの推理を働かせる程度の思考の柔軟性は身についている。

「だけど、どうして今？」

「えっとね、その、昨日、自分でしてみたんだけど、なんか物足りなくて……幹久くんは、わたしとエッチしなくても平気だった？」

彼女の逆質問に対して、幹久は首を横に振った。

実のところ、一昨日と昨日の夜も一人で処理をしたものの物足りず、「帆奈美ちゃんとまたエッチをしたい」という気持ちを、ずっと抱いていたのである。ただ、初体験を終えて間もない相手に欲望を押しつけることにためらいがあって、こちらからは切り出せずにいたのだ。

しかし、まさか彼女も同様の不満を持っていたとは。

(やっぱり、俺たちって相性がいいのかもしれないな)

そんなことを思いながら手を握ると、帆奈美はやや緊張した表情を浮かべつつ、すぐに目を閉じる。

その愛らしさに新たな興奮を覚えて、幹久は彼女の唇に自分の唇を重ねた。

2

幹久は、布団に寝かせた又従妹の浴衣の帯を外して前をはだけた。すると案の定、頂点にピンク色の突起を備えたお椀型の二つのふくらみが姿を現す。仰向けなので、やや広がってボリュームはなくなっているものの、それでも彼女のバストは充分にふくよかで魅力的だ。

もっとも、帆奈美は下にレースのショーツを穿いていた。さすがに、ノーパンで出歩く度胸はなかったらしい。ただ、露わな乳房と白いショーツの組み合わせからは、全裸とは異なるエロティシズムが感じられる気がしてならない。

「ねえ？　電気、消してよ」

帆奈美が目を開けて、そう訴えてきた。

やはり、照明の点いたところで裸を見られるのは、相当に恥ずかしいらしい。

「ダメ。帆奈美ちゃんの綺麗な姿を、しっかり見たいんだ」

と、幹久は彼女の要求を却下した。

これが、静佳や伊織の求めならば、素直に電気を消して暗闇、あるいは窓のカーテンを開けて月明かりを入れながらの行為に切り替えただろう。しかし、ずっと心惹かれていた又従妹が相手だと、明るい場所で美しい裸体を目に焼き付けておきたい、という欲求が勝る。

もちろん、初めてのときも目にしているのだが、月明かりと花火の光だけが頼りだったため、正確な肌の色合いなどがよく分からなかった。

こうして蛍光灯の明かりの下で見ると、彼女のバストの上部や胴体はやや日焼けしており、ほぼ中央からアンダーは真っ白だった。もっとも、明るい場所で見比べて初めて分かるレベルなので、ほとんど日焼けしていないと言っていいだろう。

うっすらと色が分かれているのは、位置的に海水浴のときに露出していた部分と、水着で隠れていた部分で間違いあるまい。日焼け止めを塗っていたはずだが、さすがに完全には日焼けを防ぎきれなかったようだ。

しかし、この差が分かるのも明るいからこそである。

そんなことを考えると、電気を消す気にはならなかった。

「うう……幹久くんの意地悪ぅ」

と文句を言いつつも、帆奈美はそれ以上の抵抗を示さなかった。もっとも、「綺麗な姿を見たい」と言われては、強く拒めるはずもないだろうが。

幹久は又従妹にまたがり、胸に両手を伸ばした。そして、ふくらみを優しく包むように摑む。

それだけで、彼女の口から「んあっ」と甘い声がこぼれ出る。

幹久は、指に軽く力を入れて乳房を揉みしだきだした。

「あっ、あんっ！　それぇ！　ああっ、幹久くんの手ぇ！　あんっ、いいよぉ！」

愛撫を始めるなり、帆奈美が甲高い悦びの声をあげだす。

「帆奈美ちゃん、声が大きい。手で口を塞いで」

声の大きさに驚いた幹久は、いったん愛撫を止めて注意した。

静佳も伊織も、場所をわきまえて自ら声を抑えていた。だが、つい先日初体験をしたばかりの又従妹は、緊張からか興奮からかは分からないものの、そこまで気が回っていないらしい。

こちらの指示を受けて、帆奈美もここがどこか思い出したらしく、「あっ。うん」と今さらのように、慌てて自分の手の平で口を塞ぐ。

（これで、ひとまず大声を出す心配はなくなったかな？）

そう判断した幹久は、再びふくらみを揉みしだきだした。

「んんーっ！　んっ、んむっ、んっ、んふっ、んんっ……！」

手の動きに合わせて、たちまち帆奈美がくぐもった喘ぎ声をこぼす。

（ああ、正面からこうして揉んでも、やっぱり帆奈美ちゃんのオッパイは手によく馴染む気がするなぁ）

愛撫を続けながら、幹久はそんなことを思っていた。

もちろん、静佳や伊織の手からこぼれるボリュームがあって柔らかめのバストが、嫌いというわけではない。だが、適度に手に収まって弾力が強めのふくらみは、揉むほどにしっくりくるようになり、どんどんと好きになっていく気がした。

そうして、幹久がひとしきりバストの感触を堪能してから、次の行為に移ろうとしたとき。

「ねえ？　その……わたしも幹久くんのチン×ンに、してあげたいんだけど？」

と、帆奈美が切り出した。

そういえば、初めてのときは場所が場所ということもあって、幹久がすべてやって彼女は完全に受け身だったのである。

「帆奈美ちゃん、大丈夫？」

「うん……実際に、したことはないけど……その、エッチな動画とか漫画とかで見たことはあるから」

幹久の問いかけに、又従妹が少し恥ずかしそうに応じる。

前から自慰をよくしていたらしいので、実践経験はなくてもフェラチオなどの性知識だけは、オカズとしてしっかり得ていたらしい。

「分かったよ。じゃあ、お願いしようかな？　正直、このまま帆奈美ちゃんに挿《い》れたら、さすがにヤバイと思うから」

何しろ、たまたま今日は一発も抜いていなかったのだ。こんな状態で愛撫を続け、さらに挿入をした場合、たちまち達してしまうのは火を見るよりも明らかである。

そこで幹久は、いったん胸から手を離して立ち上がった。それからパジャマ、さらにパンツも脱いで全裸になる。

するると当然、勃起した一物が蛍光灯の明かりの下で露わになる。

「うわぁ。暗いところでは見たけど、それが大きくなったチン×ン……」

浴衣を羽織ったまま身体を起こした帆奈美が、こちらを見ながら驚きの声をあげる。

幹久が彼女の生乳房を見たときと同じで、暗がりと明るいところで目にしたのとでは、印象がかなり違うのだろう。

それでも又従妹は、幹久の下半身から目を離そうとしなかった。

「こ、子供の頃に見た記憶はあるけど、勃起するとこんなになるんだね？　こうやって近くで見ると、やっぱりすごい……こんなのが、わたしの中に入っていたなんて、なんだか信じられない」

と口にしながらも、彼女は目を潤ませている。子供の頃はもちろん、前回も暗がりだったとはいえ見ているからか、視線をそらすほどの羞恥心は抱いていないようだ。

「じゃあ、チ×ポを握ってくれる？」

幹久が立ったまま指示を出すと、帆奈美が「うん」と頷き、股間に顔を近づけた。

そして、怖ず怖ずと手を伸ばして竿をやんわり握る。

それだけで性電気が流れ、幹久は思わず声が出そうになるのをどうにか堪えた。

年上の二人にもされたことだが、思い人がしてくれているというだけで、快感が何割か増している気がしてならない。

「ああ、すごく大きいし、硬くて熱い……こんなのがお股に付いていて、邪魔じゃないの？」

又従妹が、今さらのような疑問を口にする。

「生まれてからずっとあるし、いつも大きくなっているわけじゃないからね。それより、まずは軽く手でしごいてもらえる？」

と幹久が指示を出すと、彼女は「うん」と頷き、ゆっくりと手を動かしだした。

そうして分身をしごかれると、自分の手とは違った、もどかしさを伴った心地よさが生じる。

「ああ……それ、すごくいい。じゃあ、次は先っぽを舐めてくれるかな？」

「えっ？　あっ、うん。じゃあ……レロロ」

こちらの指示に帆奈美がすぐに応じて、遠慮がちに亀頭に舌を這わせてくる。

途端に、竿を握られたとき以上の快感が発生して、幹久は「くっ」と声を漏らしていた。ただ、それが心地よさによるものと分かっているらしく、又従妹はさらに先っぽを舐め続けた。

「レロ、レロ……チロ、チロ……んっ、レロロ……」

（くはあっ。帆奈美ちゃんが、俺のチ×ポを舐めて……夢みたいだ！）

幹久は、快感に浸りながらそんなことを考えていた。

もちろん、彼女の舌使いにはテクニックなどないに等しく、静佳や伊織の行為と比べれば稚拙《ちせつ》と言うしかない。だが、一歳下の又従妹の初フェラチオという事実が、何物にも代えがたい興奮をもたらしてくれている気がする。

「ううっ。それ、気持ちいいよ。じゃあ、今度は咥えてみようか？　無理に全部入れなくていいから、入るところまで」

そうアドバイスをすると、帆奈美がいったん舌を離し、躊躇する素振りを見せた。

さすがに、口に含むのはいささかハードルが高い行為だ、と思っているのだろうか？

「咥え……できるかな？　でも、幹久くんもわたしにしてくれたんだし……」

と独りごちるように言ってから、彼女は意を決した表情を見せて、「あーん」と大きく口を開いた。そして、亀頭を恐る恐るという様子で口に含んでいく。

（おおっ。帆奈美ちゃんの口に、俺のチ×ポが……）

感動で胸が熱くなるのを感じながら見守っていると、又従妹は肉茎の半分にも満たないところで「んんっ」と声を漏らして動きを止めた。

さすがに、今の彼女ではここまでが限界らしい。

「よく頑張ったね。それじゃあ、唇で竿をゆっくりとしごくように、顔を動かしてみようか？　歯を立てないように、気をつけてね？」

と指示を出すと、彼女は「んっ」と小さく頷いた。そして、なんとも緩慢なストロークを始める。

「んん……んむ……んぐ……んぐ……」

すると、そこから得も言われぬ心地よさの性電気がもたらされる。

（ううっ。予想以上に、気持ちよくて……）

幹久は、内心で驚きの声をあげていた。

もちろん、彼女の動きは小さいし、経験者の年上美女たちと比べるとぎこちない。単独の快感という意味では、不充分だと言っていいだろう。

しかし、あの帆奈美が自分のペニスを咥えてくれているという事実が、何よりの興奮材料になっていた。

加えて、自分の指示に女性が従ってくれているのも新鮮で、昂りを生み出す一因になっているのも否定しがたい。

「ああ、ヤバイ。すぐに出ちゃいそうだよ」

射精感が込み上げてきて、幹久はそう危機感を声に出していた。

又従妹の行為をもっと堪能していたかったが、射精に向けて始まったカウントダウンを止めることはできそうにない。

すると、帆奈美がいったんペニスから口を離した。

「ぷはっ。お布団と畳を、汚すわけにいかないから……口に出していいよ」

と言って、彼女は再び一物を咥え込んだ。そして、今度は小刻みに顔を動かしだす。

「んっ、んっ、んむっ、んむっ……」

この行動が、アダルト動画などから得た知識なのか、牝《めす》の本能によるものなのかは分からない。だが、初めてのフェラチオにも拘わらず口内射精を求めてきたのは予想外のことで、それがカウントダウンを加速させる。

「ううっ……もう、出る！」

と口走るなり、幹久は一歳下の又従妹の口内にスペルマをぶちまけた。

「んんんんんっ!!」

帆奈美が顔の動きを止め、白濁液を受け止めながら、くぐもった声をこぼす。さすがに、幹久の精液の量と勢いを見誤っていたのかもしれない。

それでも彼女は、一物を口から出そうとしなかった。そうして、射精が終わってからようやくゆっくりと顔を引いてペニスを外に出す。

「んん……んむ、んぐ、ゴク、ゴク……」

又従妹が、声をこぼしながら口内を満たしたスペルマを飲みだした。

（うわぁ。帆奈美ちゃんが、俺の精液を……）

てっきり、台所かトイレか洗面所に駆け込んで吐き出すと思っていただけに、彼女の行動は予想外である。

そのため、幹久は射精の余韻に浸りながら、ただただ見守ることしかできなかった。

「んん……ふはあっ。変な匂いと味ぃ。それにネバネバして、口の中がちょっと気持ち悪いよぉ。でも、不思議と嫌じゃなくて、なんだか身体の奥が熱くなっててぇ」

口内の精を処理し終えた帆奈美が、そんなことを口にしながら太股の内側をモジモジと擦り合わせる。

その言動に欲望を抑えられなくなった幹久は、「帆奈美ちゃん！」と彼女を再び布団に押し倒した。

「あっ。み、幹久くん……？」

いささかがっついて見えたのか、又従妹が驚いたような困惑の声をあげる。しかし、特に抵抗はしない。

幹久は、片手を彼女の下半身に這わせて、ショーツの奥に指を突っ込んで秘裂に触れた。

それだけで、帆奈美の口から「んはあっ！」と甲高い声がこぼれ出る。同時に、指にやや粘り気のある蜜が絡みついてきた。

（やっぱり、かなり濡れているな。きっと、俺の愛撫だけじゃなくて、フェラチオとかしていて興奮していたんだろう）

そんな分析をすると、挿入への欲求がいっそう高まる。

「帆奈美ちゃん、挿《い》れるよ？」

と訊くと、彼女が小さく頷いて手で口を塞ぐ。

それを見た幹久は、身体を起こしてショーツに手をかけた。そして、白い布を一気に足から抜き取り、濡れそぼった秘部を露わにする。

幹久はショーツを傍らに置くと、又従妹の脚の間に入り込んで、いきり立った肉棒を秘裂にあてがった。それから、腰に力を込めて挿入を開始する。

「んんんんっ！」

一物を受け入れた帆奈美が、おとがいを反らしながら、手で塞いだ口からくぐもった声をこぼす。しかし、もう痛がる素振りはまったくない。

初めてのときと違い、スムーズに奥まで到達して、いったん動きを止める。すると、又従妹が手を口から離した。

「んはあ……すごいよぉ。幹久くんのチン×ンが、わたしの奥まで入っているの、はっきり分かるぅ」

そんな甘い声での感想を聞いても、彼女が既に違和感なく幹久のモノを受け止めているのは明らかだ。

「痛くない？」

「ちっとも。ねえ？　もう、動いてもいいよ？」

こちらの念のための問いかけに、帆奈美がそう応じる。

彼女の言葉を受けて、幹久はその腰を摑んだ。そうして、又従妹がまた口を塞いだのを確認してから、抽送を開始する。

ただ、数日ぶりに膣の感触を味わっていることもあり、興奮でついつい腰の動きが荒っぽくなってしまう。

「んんっ！　んっ、んっ、ふあっ！　あんっ、それぇ！　あんっ、はあっ……！」

ピストン運動を始めてすぐに、帆奈美が口から手を離し、甲高い声で喘ぎだした。

「ちょっと、帆奈美ちゃん？　もっと声を抑えて」

「んあっ。気持ちよすぎて、無理だよぉ」

動きを止めて注意した幹久に対して、又従妹が甘い声で反論してくる。

感じてくれているのは嬉しいが、何しろ場所が場所である。もしも、宿のほうまで喘ぎ声が聞こえて、二人がこんなことをしていると宿泊客に知られるのは、さすがにマズイ。

そうなると、荒々しい抽送はしづらくなってしまうが、この身体の内側でたぎる欲望を抑えるのもいささか難しい、と言わざるを得ない。

(後背位にして、帆奈美ちゃんに布団を嚙んでもらう……いや、さっきの感じだと、結局は口を離して声を出しそうだし……そうだ、伊織さんとしたときも……)

と考えた幹久は、腰を引いて分身を抜いた。

すると、行為をやめられてしまうと思ったのか、帆奈美が「あんっ」と残念そうな声をあげつつ、恨めしそうな目をこちらに向けてくる。

「今度は、帆奈美ちゃんが上になって、自分で動いてくれる？　そうしたら、声を我慢できると思うよ？」

「えっ？　それって、騎乗位……だよね？」

こちらの提案に、又従妹が困惑の声をあげる。

それに対し、幹久が「うん」と応じると、彼女は不安そうな表情を浮かべた。

知識としては知っていても、自分が主導的に動くことに自信がないのだろう。

ただ、伊織のマンションでしたとき、彼女は騎乗位で声を抑えていた。おそらく、又従妹でも有効な方法だろう。

「大丈夫だから、やってみようよ？」

幹久が重ねて促すと、帆奈美も逡巡してから「うん」と頷いた。

そうして、彼女が起き上がるのに合わせて、幹久は体を入れ替えるように布団に寝転がる。

（あっ。布団に、帆奈美ちゃんのぬくもりが……）

それを感じただけで、いっそう興奮が湧き上がってくる。

幹久が、背中からのぬくもりに浸っている間に、又従妹は浴衣を羽織ったまま腰にまたがってきた。が、どうしていいか分からないらしく、そこで動きを止めてしまう。

「チ×ポを握って、先っぽをオマ×コにあてがって」

「えっ？　う、うん。えっと……」

こちらの指示に、帆奈美がおっかなびっくりという様子で応じ、自らの愛液にまみれた陰茎を握る。

「これ、わたしの……恥ずかしいよぉ」

と言いつつ、彼女は亀頭と自分の秘裂の位置を合わせた。そうして、先端が秘部に触れた途端、「あんっ」と甘い声をこぼす。

「それじゃあ、そのままゆっくり腰を下ろして」

「うん。こう……かな？　んんんんっ……」

アドバイスに従って、又従妹が腰を沈めだした。

すると、挿入の速度が遅いぶん、まだ狭い彼女の生温かな膣内に一物が呑み込まれていくのが、よりはっきりと感じられる。

(先に一発出してなかったら、これだけでイッていたかも)

幹久がそんなことを思っている間に、帆奈美は最後まで腰を下ろしきり、「んはあっ」と大きく息を吐いた。そして、こちらの腹に手をつく。

「はあ、はあ……全部入ったぁ……すごいよぉ。こうすると、子宮が押し上げられているのが、はっきり分かってぇ」

「帆奈美ちゃん、苦しくない？」

「うん。平気ぃ。お腹がいっぱいになっている感じだけど、今とっても幸せなのぉ」

そう応じた彼女の様子からは、確かに無理をしている感じはなかった。

「じゃあ、動いてみようか？　腰を持ち上げると、チ×ポが抜けそうになっちゃうだろうから、押しつけることだけ意識して動くといいよ」

「分かった。んっ、んっ、んんっ……」

と、帆奈美がこちらのアドバイスに従って小さく腰を動かしだす。

「んっ、あっ、あんっ、これっ、んくっ、子宮っ、あんっ、当たるぅ！　はうっっ、んあっ、いいっ！　んあっ、はうっ……」

たちまち、又従妹が甘い喘ぎ声をこぼし始めた。とはいえ、先ほどまでよりは声が抑えられている。これくらいなら、窓を閉めていれば外まで聞こえる心配はあるまい。

「んっ、あんっ、はうっ、あんっ、こうっ……んあっ、これっ、んはあっっ、いいよぉ！　あんっ、はあっ、ああっ……！」

動くのに慣れてきたのか、帆奈美は腰をくねらせるようにするなど、抽送に変化をつけだした。そうすることで、自身もより大きな快感を得ているようだ。

さらに、彼女の動きは少しずつ激しさを増していた。

「あっ、はううっ、あんっ、ああっ、はうっ、いいのぉ！　あんっ、もっとっ、ああっ、ひゃううっ……！」

(浴衣を羽織ったまま、俺の上で腰を振っている帆奈美ちゃん、すごくエロイな)

そんなことを思うと、下から突き上げたい衝動が湧いてくる。

だが、この体位に変更した理由を考えれば、今は避けたほうがいいだろう。

間もなく、又従妹の動きが乱れだした。さらに、膣肉が締めつけを増す。

「ああっ、これ以上はっ、あんっ、はううっ、我慢できないよぉ！」

と声をあげるなり、彼女は上体を倒して抱きつき、唇を重ねてきた。

すると、口内射精をしたのだから当然だが、スペルマ特有の匂いが流れ込んでくる。

そうして自身の唇を塞ぐと、帆奈美は腰を小刻みに動かしだした。

「んっ、んっ、んむっ、んむっ、んじゅっ、じゅぶる……」

キスをしたまま、彼女がくぐもった、それでいて切羽詰まった声をこぼす。おそらく、限界が近いのだろう。

(ただ、こっちもそろそろ……もう我慢できない！)

射精が近づき、遂に欲望に負けた幹久は、又従妹がキスで声を抑えているのをいいことに、彼女の頭を抱え込んで自らも腰を突き上げだした。

「んんっ!? んむうっ！　んんっ、んむむっ、んんんっ……！」

帆奈美が、驚いた様子で目を見開いて声を漏らす。しかし、頭をしっかり抱えているため、唇を離すことはできない。

そのせいか、ただでさえキツめの彼女の膣肉が激しく収縮し、ペニスに甘美な刺激を送り込んでくる。

(くうっ！　もう出る！)

「んむむっ！　んんっ、んっ、んっ……んぐうううううぅぅぅぅぅぅぅ!!」

幹久が心の中で限界を訴えた途端、又従妹がくぐもった絶頂の声をあげて身体を強張らせる。

同時に幹久は、彼女の子宮に出来たての情熱を注ぎ込んでいた。

3

その日の夜、幹久はTシャツに短パンというラフな格好で自室の布団にあぐらをかき、胸を高鳴らせながら約束の時間になるのを待っていた。

(ああ。帆奈美ちゃん、早く来ないかなぁ。あれから、ほとんど毎日エッチしているけど、何回しても気持ちよくて……)

あの夜以降、幹久と帆奈美は自制心を失ったように、ほぼ毎晩、互いを求め合っていた。何しろ、こちらのアルバイト終了日が徐々に近づいてきているのである。そのため、少しでも多く相手を感じていたい、という思いが暴走気味になってしまうのは、仕方がないのではないだろうか？

もっとも、帆奈美が純粋にセックスの快楽にすっかりハマってしまった、という面も否定はできないのだが。とにかく、今は向こうから「今夜も行くから」と声をかけてくるほどなのだ。

優子と満夫は、いつも規則正しく早めの時間に就寝するので、又従妹は両親が寝静まったタイミングを見計らって、こっそり寮にやって来ていた。

もちろん、昼間も人目のないところで手を握り合ったり、チャンスがあれば口づけを交わしたりもしているが、やはりメインは夜の時間である。むしろ、昼間に隠れて中途半端にイチャついたぶん、肌を重ねるときにいっそう燃え上がる気がしていた。

そして、今夜も愛おしい又従妹を抱ける。そう思うだけで、昂りが自然に湧いて一物が大きくなってしまう。

ちなみに、幹久がパジャマを着ていないのも、どうせならより脱ぎやすい格好のほうがいいだろう、という考えである。

すると、約束の時間よりも早く玄関の引き戸が開く音がした。

（おや？　今日は随分早いな。もしかして、帆奈美ちゃんも待ちきれなかったのかな？）

そんなことを思いつつソワソワしていると、部屋のドアが開けられる。

だが、現れた人の姿を見た瞬間、幹久は「なっ!?」と驚きの声をあげ、目を丸くしていた。

そこにいたのは又従妹ではなく、旅館の宿泊客用の浴衣を着用した静佳と伊織だったのである。

二人とも体型の補正をしていないようで、帯の上に大きな胸が乗っている。ただ、そうして若干着崩れた感じの浴衣姿が、逆にエロティシズムを醸し出していて、男心をくすぐってやまない。

ましてや、幹久は二人の裸体を実際に見ているので、バストの大きさや細めのウエストラインやふくよかなヒップ、それに恥毛の生え方まで、浴衣の上からでも容易に思い浮かべられるのだ。

「やっぱり、驚いているわねぇ」

「ふふっ。帆奈美ちゃんじゃなくて、残念だった？」

静佳と伊織が、してやったりという表情で口を開いてきて、予想外のことに呆気に取られていた幹久は、ようやく我に返った。

「ふ、二人とも、なんで……？　しかも、一緒に？」

「だってぇ、幹久くんってば最近、帆奈美ちゃんばかり相手にしているでしょう？　おかげで、わたしは欲求不満になっちゃったのよぉ」

「幹久くんと帆奈美ちゃんの仲が進展したのは、子供の頃の二人を知っている身としては祝福してあげたいんだけどね。幹久くんのチン×ンを先に知っちゃっているから、帆奈美ちゃんが独占しているのは面白くないって気になってさ」

こちらの疑問に、爆乳美女と未亡人仲居が、そんな答えを返してくる。

「でも、二人が一緒に来たってことは、もしかして……？」

「もちろん、幹久くんが伊織さんともエッチしたのは、とっくに気付いていたわぁ」

「静佳さんって、のんびりしているみたいで意外に鋭かったのよね。ちょっと前に、幹久くんとの関係を訊かれたときは、さすがにビックリしちゃった」

笑みを浮かべながら、静佳と伊織がそんなことを口にする。

幹久としては、なんとか上手に誤魔化していたつもりだったが、さすがに優れた観察眼を持つ相手には通用しなかったようである。

どうやら、彼女たちはお互いに幹久との関係を打ち明け合い、示し合わせて寮にやって来たらしい。そして、その目的が幹久のペニスなのは、先ほどの言葉から考えて火を見るより明らかである。

「いや、あの、僕には帆奈美ちゃんがいるし……だから、もう静佳さんと伊織さんとは……」

又従妹と思いを通わせる前ならまだしも、今は他の女性と関係を持てば浮気になってしまう。もちろん、胸の大きな二人との逢瀬《おうせ》も魅力的だが、真面目な人間にとっては浮気など言語道断のことに思えてならない。

そう考えて、彼女たちを拒もうとした幹久だったが、二人は構わずこちらに来て両脇から身体を密着させてきた。すると、浴衣越しにふくらみの感触が伝わってくる。

「あら、そんなこと言っていいの？」

「こっちは、とっても素直なのにねぇ？」

胸を押しつけながら口々にそう言って、伊織と静佳が同時に股間に指を這わせる。

途端に、一物から得も言われぬ快感がもたらされて、幹久は「はうっ！」と思わず声を漏らしていた。

実際、彼女たちが来る前からやや勃起していたが、二人のバストを見せつけるような浴衣姿を目にした時点で、分身の体積はいっそう増していたのである。そこに、ふくらみを押しつけられたため、一瞬でいきり立ってしまったのだ。

しかも、今は短パンの上から二人がかりで快感を送り込まれている。この心地よさを堪える術など、幹久は持ち合わせていなかった。

(ああ、ヤバイ。このままされていたら、俺マジで我慢できなくなりそうだ)

快感で朦朧としてきた頭で、そんなことを考えていたとき。

「あぁーっ！　やっぱり、二人ともいた！　もうっ、何やってるんですか!?」

と、帆奈美の怒りの声がした。

そのため、顔を上げて部屋の出入り口を見ると、これまた旅館の浴衣姿の又従妹がそこにいた。

「寮の玄関に、宿のサンダルが二足あったから、もしかしてと思ったんだけど……幹久くんは、わたしのなんです！　もう、二人には渡しません！」

と、目を吊り上げながら帆奈美がズカズカとこちらに来て、静佳と伊織を幹久から引き剝がそうとする。

「あらぁ、わたしが幹久くんの童貞卒業の相手なのよぉ」

「帆奈美ちゃんばっかり、沢山気持ちいい思いをズルイじゃない。昔、いっぱいお世話してあげたんだから、ちょっとくらい譲ってちょうだいよ」

そんなことを口にしながら、二人の年上美女がいっそうしがみついて抵抗する。

「ちょっ……三人とも、そんなにしたら……どわっ」

もともと、あぐらをかいて座った状態だったこともあり、美女たちに揉みくちゃにされた幹久はバランスを崩し、布団に仰向けに倒されてしまった。おかげで、三人が幹久にそれぞれ抱きついたような格好になる。

この体勢は予想外だったらしく、帆奈美たちも皆、目を丸くして固まっている。

(これ、いったいどうなっちゃうんだ?)

幹久は、美女たちのぬくもりに包まれながら、そんな不安を抱かずにはいられなかった。

4

「んっ。レロ、レロ、んんっ……」

「んふっ、ピチャ、ピチャ……」

「ンロ、ンロ……んっ、チロロ……」

「くうっ。さ、三人とも……はううっ!」

美女たちが一物を舐め回す音と、吐息のような声が室内に響き、布団に寝そべった幹久は股間からもたらされる快感に、呻くような喘ぎ声をこぼしていた。

今、伊織と帆奈美と静佳は、肉棒に思い思いに舌を這わせていた。右に陣取った未亡人仲居は竿、中央の又従妹が亀頭を、爆乳美女はカリ首をそれぞれ舐めている。

三人とも、浴衣の前をはだけて乳房を曝け出しているものの、完全に脱いではいない。皆、こちらの好みをよく理解しているのが、これだけでも分かるというものだ。

（くうっ！　これ、気持ちよすぎて……だけど、どうしてこうなった？）

快感に抗えないまま、朦朧とした頭にそんな思いがよぎる。

幹久を押し倒す格好になったあと、伊織の口車に全員が乗せられる形で、いつの間にか4Pをすることになってしまった。しかも、巨乳の未亡人は「先に一回、出しておいたほうがいいから」と、トリプルフェラまで提案してきたのである。

もちろん、帆奈美も最初は抵抗を示していた。だが、「あたしたちより、幹久くんを気持ちよくさせる自信がないんだ？」と煽られて、あっさり了承したのだ。

さすがに、子供の頃から知っている相手ということもあって、伊織はどう言えば妹分が乗ってくるか、よく分かっていたらしい。

かくして、今の状態になったのだが、トリプルフェラで陰茎からもたらされる心地よさは、予想を遥かに上回っていた。

何しろ、一本の竿に三枚の舌が這い、性電気を送り込んでくるのだ。しかも、それをしてくれているのは、それぞれに魅力的な美女たちなのである。

さらに、統一感がない各々《おのおの》の舌使いが、むしろ快感を増大させている気がする。

そうして、幹久が心地よさに浸っていると、不意に三人の舌の動きが乱れだした。目を向けると、彼女たちが肉棒を舐め回しながら、己の股間を弄っているのが目に入った。おそらく、少しでも早く本番行為に入るため、自分で準備をすることにしたのだろう。

ただ、それによって舌の動きがより不規則になって、刺激の強弱がいっそう強まった。おかげで、ただでさえ危険領域に達していた射精感が、一気にレッドゾーンに向かってしまう。

「くうっ。僕、そろそろ……」

幹久がそう口にすると、三人は自分の股間を弄る手を止め、亀頭からいったん舌を離した。

「んはあ。じゃあ、顔に出してぇ」

「幹久くん、いっぱい出していいよぉ」

「んはあ。濃いミルク、早くぅ」

伊織と帆奈美と静佳が、濡れた目を向けて口々に訴え、それから頬を寄せ合って先走り汁を溢れさせた縦割れの唇近くを舐めだす。

敏感な部分を三人がかりで集中的に舐め回されるなり、鮮烈な性電気が脊髄を伝って脳に流れ込んできた。

「はううっ！　それはっ……ううっ、出る！」

たちまち限界に達した幹久は、そう口走るなり三人の美女に向かってスペルマを発射していた。

「はああっ、ザーメン出たぁ！」

「ああっ、幹久くんの精液ぃ！」

「ひゃうんっ！　濃いの、いっぱぁい！」

目を閉じた伊織と帆奈美と静佳が、悦びの声をあげながら白濁のシャワーを顔面に浴びる。

そんな彼女たちの姿に、大量の精を出しながら幹久の興奮は収まる気配をまったく見せなかった。

5

「それじゃあ、まずはわたしからねぇ」

真っ先に顔のスペルマの処理を終えた静佳が、濡れた目をこちらに向けてそう口にして、布団に四つん這いになった。

「幹久くぅん、こっちからお願ぁい」

（ほ、本当にいいのかな？）

身体を起こし、一物の唾液をティッシュで拭った幹久は、バツイチ爆乳美女の誘いに困惑せずにはいられなかった。

何しろ、今は目の前に帆奈美がいるのである。彼女が見ているところで他の女性とセックスをすることには、どうしても抵抗を覚えずにはいられない。

そのため、幹久が顔の精を処理し終えた又従妹に恐る恐る目を向けると、こちらの視線に気付いた彼女が諦めたような表情を浮かべつつ、首を縦に振った。

どうやら、彼女もここまでしてしまった以上、幹久と二人の年上美女との行為を認めざるを得ない、と判断したらしい。

（帆奈美ちゃんが許してくれたんなら、これは浮気じゃない……よな？）

とは思ったものの、思い人の前で別の女性と合体することには、まだ躊躇の気持ちがある。

「もう、幹久くんってばぁ。早く、そのいきり立ったオチ×チンを、わたしに突き入れてぇ」

焦《じ》れてきたのか、静佳が腰を振りながら甘い声で求めてきた。

こうなると、さすがにこちらもこれ以上は我慢できなくなってしまう。

（ええい！　帆奈美ちゃんも認めているんだから、開き直るしかない！）

そう考えた幹久は、彼女の後ろに回り込んだ。そして、片手で腰を摑み、もう片手で一物を握って角度を調整し、濡れそぼった割れ目に先端をあてがう。

「ああ、早く、早くぅ」

と、静佳からなんとも切なそうに訴えられ、我慢できなくなった幹久は分身を一気に秘部の奥へと押し込んだ。

「んはあぁぁぁ！　入ってきたぁぁ！」

挿入と同時に、爆乳美女がのけ反って歓喜の声をあげる。

「ああ、幹久くんのチン×ンが、静佳さんの中にぃ」

悲しさと悔しさが入り混じった帆奈美のそんな声が、横から聞こえてくる。やはり、仕方がないと諦めつつも、割り切れない思いは残っていたのだろう。

一物が最深部に到達すると、爆乳美女は布団にグッタリと突っ伏した。

「ふあああ……挿《い》れられただけで、軽くイッたぁ。やっぱり、幹久くんのオチ×チンはすごいわぁ」

陶酔した声でそう言ってから、静佳がシーツを噛んだ。これだけで、彼女が次の行為を求めているのが分かる。

一歳下の又従妹の視線は気になるものの、ここまでしておいて今さら中断するという選択肢は、さすがにあり得ない。

幹久は、爆乳美女の腰を摑むと、荒々しい抽送を開始した。

「んんんっ！　んっ、んっ、んむっ、んぐっ……！」

たちまち、静佳がくぐもった喘ぎ声をこぼしだす。

苦しそうに聞こえるが、悦んでいるのは絡みつくような膣肉の蠢き具合から伝わってくる。

（ああ……帆奈美ちゃんと伊織さんに見られながら、静佳さんとこんなことをしているなんて、なんだか夢を見ているみたいだよ）

ピストン運動をしながら、幹久はそんな思いを抱かずにはいられなかった。

もちろん、ペニスから感じる生々しさが夢であるはずがない。しかし、実は帆奈美を待っている間に寝てしまって淫夢を見ているだけだ、と言われても信じてしまいそうなくらい、現実感がない気がして仕方がないのだ。

ただ、まったく想像していなかったシチュエーションに、興奮が自然に高まっているのも、紛れもない事実である。

「静佳さん、とっても気持ちよさそう。でも、こうして見ているだけっていうのも、なんだか悔しいわね。どうせなら手伝っちゃおうか、帆奈美ちゃん？」

少しして、伊織がそんなことを言うのが、横から聞こえてきた。

「えっ？　手伝うって……いいのかな、そんなことして？」

と、帆奈美がためらいの声をあげる。おそらく、二人だけの快楽の時間を邪魔することに、気が引けているのだろう。

「大丈夫だって。せっかくあたしたちがいるんだから、一緒に静佳さんを気持ちよくしてあげようよ？　まぁ、帆奈美ちゃんがやらないんなら、あたしだけでもしちゃうけどね」

未亡人仲居のその言葉に、又従妹が「うっ」と口ごもった。そして、すぐに「分かった。やるもん」と応じる。

(えっ？　手伝うって、まさか……)

抽送を続けつつ幹久がそんなことを思っていると、二人は両側から静佳に近づいた。

「じゃあ、帆奈美ちゃんは静佳さんのオッパイをよろしく」

という伊織の指示を受け、又従妹が布団で潰れている乳房を強引に鷲掴みにする。

それだけで、静佳が「んんー！」とくぐもった声をあげ、シーツをギュッと握りしめた。ただ、同時に膣肉の妖しい蠢きも増す。

やはり彼女は、大きな胸を刺激されると感じやすいらしい。

「それじゃあ、あたしはこっちを……レロ、レロ……」

と、伊織は爆乳美女の短めの髪をかき分け、うなじを舐めだした。

「んんんっ！　んむっ、んんっ……！」

静佳が、シーツを咥えたまま声をこぼして身体を震わせる。さらに膣肉の締めつけが増して愛液の量も増えたところから、彼女が首筋でも相当の快感を得ているのが伝わってくる。

(ああ、ヤバイ。オマ×コがすごく締まって、ヌメヌメしてきて……すぐに、出ちゃいそうだ)

幹久は、早くも射精感が込み上げてくるのを感じていた。二人の美女による刺激が爆乳美女の膣の絡みつくような蠢きに影響を与え、ペニスに甘美な心地よさがもたらされる。この快感は、とても堪えられるものではない。

「んはあっ、ああっ、中っ、あうっ、中にぃ！　あむっ。んんっ、んぐっ、んむっ、んんんっ……！」

射精の気配を察したらしく、静佳がそう口にしてすぐにまたシーツを噛む。

（帆奈美ちゃんの前で、中出しするのか？）

というためらいの気持ちも湧いたが、彼女の求めを拒むのも難しい。

（ええい、ここまで来たら今さらだ！）

結局、そう割り切った幹久は、ピストン運動を速めた。

「んっ、んっ、んっ、んむっ……んむうううぅぅぅぅぅぅぅ!!」

間もなく、爆乳美女がシーツを噛んだままくぐもった絶頂の声をあげ、身体を強張らせる。

同時に膣肉が激しく収縮し、その刺激で限界を迎えた幹久は、「くうっ」と呻いて彼女の子宮にスペルマを注ぎ込んだ。

静佳が達したのと同時に、伊織と帆奈美も愛撫をやめて離れる。

「んんんん……ふはぁあ……すごぉい。こんなにイッたの、初めてぇ……」

射精が終わるのに合わせて、グッタリした爆乳美女がシーツから口を離して弱々しい声でそんなことを口にした。その表情には、満足感が溢れている。

どうやら、膣だけでなく乳房とうなじまで同時に責められて、これまでに味わったことのない大きなエクスタシーを迎えたらしい。

「さて、次はあたしの番ね。あたしは騎乗位でしたいから、静佳さんは早くどいて。で、幹久くんが布団に寝そべってちょうだい」

と、伊織が矢継ぎ早に指示を出す。

それを受けて、静佳が気怠《けだる》そうに布団からどいて畳に横たわると、幹久も言われたとおりに布団に仰向けになった。

すると、未亡人仲居が浴衣を羽織ったまま、すぐにまたがってきた。そうして、愛液と精液まみれの一物を躊躇する素振りもなく握り、自分の秘裂にあてがう。

「じゃあ、挿《い》れるわね？　んんんっ！」

伊織は、待ちきれない様子で腰を下ろして、陰茎を割れ目に呑み込みだした。そして、たちまちペニス全体が彼女の中に包み込まれ、その動きが止まる。

「んはぁああ……やっぱり、幹久くんのチン×ンって最高。こうしただけで、子宮まで届くんだものぉ」

陶酔した表情でそんなことを口にしてから、彼女が腰を上下に振りだした。

「んっ、あっ、あんっ、んんっ、あんっ、いいっ！　んっ、あっ、んんっ、これっ、あんっ、んはっ、ああっ……！」

大きな胸を揺らしながら、未亡人仲居が控えめながらも艶めかしい喘ぎ声をこぼし始める。その光景の妖艶さは、何度見ても牡の興奮を煽ってやまない。

「はぁ。伊織さん、羨ましいなぁ。そうだ。わたしが、手伝ってあげるね？」

そう言うと、帆奈美が姉貴分の背後に回り込んだ。そして、彼女が何か口にするよりも早く両方の乳房を鷲摑みにする。

「ふやんっ！　ちょっと、帆奈美ちゃん？」

さすがに、妹分の行動は予想外だったらしく、伊織が素っ頓狂な声をあげて腰の動きを止める。

「もう。伊織さん、動くのをやめちゃったら、幹久くんが気持ちよくならないじゃん？」

「うっ。いきなりだったから、ちょっと驚いただけよ」

帆奈美の言葉に、未亡人仲居がそう反論して、すぐに腰の動きを再開する。

　すると、又従妹が姉貴分の動きに合わせて乳房を揉みしだきだす。

「んあっ、それっ、あんっ、大声っ、ふああっ、出ちゃうぅ！　んんっ、くうっ、あんっ……！」

　伊織は声を堪えようとしているようだったが、さすがに結合部だけでなく胸からも快感がもたらされると抑えきれないらしい。しかも、彼女の腰の動きは先ほどより不安定になっている。また、吸いつくような膣内の蠢きも大きくなっていた。それだけ、帆奈美の愛撫で感じているのだろう。

　それでも、未亡人仲居は手の甲を口にあてがい、どうにか声を殺した。こういうところは、さすが経験者と言うべきか。

（それにしても、俺、なんかすごいものを見ているよなぁ）

　幹久は、自分の上の光景を、ただただ呆然と見守ることしかできなかった。

　何しろ、子供の頃から知っている伊織とのセックスを、物心つく前からの付き合いがある又従妹が手伝っているのだ。それが、静佳のように知り合って日が浅い人間では感じない背徳感に繋がり、奇妙な興奮を生み出している気がしてならない。

　幹久がそんなことを考えていると、帆奈美が乳房への愛撫を続けながら、姉貴分のうなじに舌を這わせだした。

「レロロ……チロ、チロ……」

「ふひゃうっ、そこぉ！　ああんっ、駄目っ！　はあっ、声がっ、あんっ、んあっ、んんんっ……！」

反射的に、手を口から離して大きな喘ぎ声をこぼした伊織だったが、すぐにまた手の甲を口に当ててどうにか声を抑え込む。

「んんっ、帆奈美ちゃんにっ、んふうっ、感じさせ……んんっ、られるなんてっ、ふあっ、悔しいっ。あんっ、でもっ、んくうっ、いいっ！　んんっ、んふっ……！」

大声を出さないようにしながらも、巨乳未亡人がそんなことを口にした。

妹分からの愛撫に、彼女も通常とは異なる興奮を覚えているのかもしれない。事実、膣肉のうねるような蠢きは先ほどまでより大きくなり、肉棒にもたらされる心地よさが増している。

「くうっ、気持ちよすぎ……もう出そうです」

自分でも驚くくらい早く射精感が込み上げてきて、幹久はそう口にしていた。

膣からの快感はもちろんだが、結合中の伊織を又従妹が後ろから愛撫している、というシチュエーションが視覚的な興奮を煽ってやまない。おかげで、自分の昂りを抑えられないのだ。

「んあっ、あたしもっ、あんっ、イキそう！　ああっ、幹久くんにっ、あううっ、抱きつかせてよぉ！」

「レロロ……駄目。伊織さん、このままイッて。チロ、チロ……」

手を口から離して訴えた姉貴分の訴えを、帆奈美がにべもなく却下してから愛撫をさらに強める。

又従妹としては、幹久とのセックスは仕方なく認めたものの、恋人のように抱き合うことまで許す気はないらしい。

「んはあっ、帆奈美ちゃんのっ、あんっ、意地悪ぅ！　ああっ、もうイクッ！　んむっ。んっ、んんっ、むむうっ……！」

切羽詰まった声をあげた伊織が、また手の甲を口に当てた。そして、抱きつくのを諦めたらしく、腰の動きを小刻みにしだす。どうやら、彼女も今さら外出しなどさせる気はないらしい。

その動きと共に、膣肉の蠢きも増して肉茎から流れ込んでくる甘美な性電気が、一気に強まる。

「くうっ。また出る！」

と口走るなり、限界を迎えた幹久は、未亡人仲居の中に出来たてのスペルマを注ぎ込んだ。

「んんーっ！　んむううううぅぅぅぅぅぅぅぅ!!」

同時に、伊織も動きを止め、くぐもった声をあげながらおとがいを反らして、身体を強張らせた。

それを見て、帆奈美も愛撫をやめる。だが、姉貴分のバストから手を離そうとはしなかった。

おそらく、虚脱して幹久に抱きつくのを、意地でも阻止しようとしているのだろう。こういうところに、彼女の割り切れない嫉妬心が見え隠れしている気がしてならない。

間もなく、射精が終わるのに合わせて伊織の身体から力が抜けた。

「んはああ……すごぉい。やっぱり、幹久くんのチン×ンは最高よぉ」

「伊織さん、そろそろどいて。まだ、わたしが残っているんだから」

絶頂の余韻に浸る未亡人仲居に、苛立った様子の又従妹が声をかける。

「あんっ。もうちょっと、余韻を味わっていたかったのにぃ」

と、やや不満そうに言いながらも、伊織はノロノロと腰を持ち上げて一物を抜いた。

そして、帆奈美が胸から手を離すと、布団の横に移動して畳の上にペタン座りをする。

その股間から、残っていた精液がこぼれ出て畳に落ちた。

「あっ、マズイわねぇ。ティッシュ、ティッシュ。もう。幹久くんってば、三度目なのに出しすぎぃ」

と、ボックスティッシュを慌てて手にしつつ、未亡人仲居はなんとも満足そうな表情を浮かべている。

「それじゃあ、幹久くん？　わたしは、正常位がいいな」

帆奈美が、少し恥ずかしそうにしながらリクエストを口にする。

「うん、分かったよ」

そう応じて幹久が起き上がると、入れ替わって又従妹が浴衣を羽織ったまま布団に寝そべる。

そんな彼女の姿が、何度見ても煽情的に思えて、興奮が自然に湧き上がって勃起が回復してしまう。

もう何回も正常位でしているため、幹久は何も言わずに脚の間に入り、濡れそぼった秘部に一物を押し当てた。

それだけで、帆奈美の口から「んあっ」と甘い声がこぼれ出る。

「ねえ、早くぅ」

幹久が呼吸を整えていると、又従妹が艶めかしい声で求めてきた。彼女が、すっかりセックスの快楽にハマッてしまったことが、この言動からもよく伝わってくる。

幹久は、「うん」と頷くと、遠慮なく分身を秘裂に押し込んだ。

「んあああっ！　入ってきたぁ！　んんんんっ！」

悦びの声を室内に響かせた帆奈美だったが、すぐに自分の手で口を塞ぐ。さすがに、何度もしているのでここらへんは慣れたものだ、と言えるだろう。

そうして奥まで到達すると、幹久は彼女の腰を持ち上げ、すぐに抽送を開始した。

「んんっ！　んふっ、んっ、あんっ、いいよっ、幹久くんっ！　んむっ、んっ、んっ、んむうっ……！」

又従妹が、いったん口から手を離し、快感を訴えてからまた声を殺した。

その彼女の態度が、なんとも嬉しく思えてならない。

「んはあ。伊織さんにはできなかったけどぉ、お返しに手伝ってあげるわねぇ」

いきなり、横から静佳のそんな声がした。そして、彼女の手が横から伸びてきて帆奈美のバストを鷲掴みにする。

「んやあっ！　ちょっと、静佳さん!?」

さすがに驚いた帆奈美が、口から手を離して素っ頓狂な声をあげた。

幹久も、予想外のことに思わず抽送を止めてしまう。

「帆奈美ちゃん、わたしと伊織さんにもしたでしょう？　だったら、自分がされるって思わなかったのかしらぁ？」

そう言いつつ、爆乳美女が手を動かして乳房を揉みしだきだした。

「ふやんっ！　あっ、ああっ……！」

たちまち、又従妹が甲高い喘ぎ声をこぼした。彼女も、セックス中に第三者から胸を揉まれることで、鮮烈な快感を得ているらしい。

「ほらぁ。幹久くん、腰が止まっているわよぉ。ちゃんと、動いてあげなきゃあ」

と、爆乳美女に声をかけられて、幹久はようやく我に返った。

「あっ、と……は、はい」

慌ててそう応じて、ピストン運動を再開する。

「ひゃうっ！　ああんっ、オッパイッ、はううっ、あそこぉ！　ああっ、これっ、ふあっ、すごいよぉ！　あんっ、んんっ、んむうっ……！」

悦びの声を室内に響かせた帆奈美だったが、注意されるよりも先に自分の口を塞いだ。さすがに、既に何度もここで関係を持っているため、どれほど快感に浸っていても声が宿まで届くリスクに思いが至るようになったらしい。

（くうっ。帆奈美ちゃんの中、すごくうねってチ×ポが気持ちよすぎる！）

分身からの心地よさに、幹久は抽送を続けながら心の中で呻いていた。

静佳と伊織もそうだったが、第三者にバストを愛撫されると、膣の反応がいつもと違うように感じられる。特に、幹久のモノしか知らず、いつしかすっかり馴染んでいた帆奈美の中が、今までにないほどうねって肉茎に刺激をもたらしてくれるのは、なんとも新鮮に思えてならなかった。

これが一度目か二度目の射精だったら、たちまち限界を迎えていただろう。

「ぷはあっ。あんっ、わたしぃ！　はあっ、すぐにっ、んあああっ、イッちゃいそう！　んんっ、んっ、んむうっ……！」

いったん手を口から離して、又従妹がそう訴えた。どうやら、彼女は順番が最後で待たされた上に、静佳に胸を愛撫されているため、あっさりと達しそうになっているらしい。

だが、既に三度も射精しているこちらは、さすがに達するのにまだ時間がかかりそうだった。

（できれば、一緒にイキたいんだけど、このままじゃタイミングを合わせるのは無理だよな。どうしたらいいんだ？）

と、幹久が抽送しながら考えていたとき、不意に伊織が背後から抱きついて、豊満な胸を押し当ててきた。

「えっ？　伊織さん？」

「んふっ。幹久くん、あたしも手伝ってあげるねぇ」

そう言うと、巨乳未亡人が肛門に指を這わせてきた。そして、そこをグリグリと弄りだす。

「ふおうっ！　そ、そこはっ！」

思いがけない部分を刺激された途端、得も言われぬ性電気が脊髄を貫き、幹久は素っ頓狂な声をあげていた。

おかげで、腰の動きも乱れて、驚いて口から手を離した帆奈美も「ふやんっ！」と大きな声を出す。

「ここ、前立腺が近いから、弄るとあっという間にイケるのよぉ。ほら、腰をちゃんと動かして」

そんなことを言いつつ、伊織は肛門を指で弄《もてあそ》び続けた。

彼女の指摘で、幹久は想定外の快感でついつい自分の動きが鈍っていたことにようやく気付いた。そこで、気を取り直してピストン運動に専念しだす。

「あんっ、チン×ンッ、んあっ、中でっ、はうっ、ビクンってぇ！　はああっ、イクッ！　ああっ、もうっ、んあっ、本当にぃ！　あんっ、んむううっ……！」

帆奈美が、甲高い声でそう訴えてからどうにか口を両手で塞ぐ。どうやら、もう片手だけでは声を我慢できない、と判断したらしい。

実際、膣肉の蠢きがいっそう強まって、ペニスへの刺激が増していた。これが彼女の絶頂の予兆なのは、今までの経験でよく分かっている。

それによって、幹久のほうも一気に射精感が湧き上がってくるのを堪えられなくなっていた。

(前立腺近くを刺激されると、こんなに簡単にイキそうになるのか)

そんな驚きを感じつつも、幹久は腰の動きを半ば無意識に速める。

「んんっ、イクッ！　もうっ、イクぅ！　んんんんんんんんんんっ!!」

帆奈美が、どうにか口を押さえて、くぐもったエクスタシーの声をあげつつ、身体を強張らせる。

同時に膣肉が収縮し、そこで限界に達した幹久は、「くうっ」と呻くなり彼女の中に出来たての精を発射していた。

エピローグ

八月末が近づいたある日の晩。

「んっ。レロ、レロ……」

「ピチャ、ピチャ、ンロロ……」

「チロ、チロ、ピチャ……」

「くうっ！　三人とも、それっ……はううっ！」

温泉旅館「美海亭」の寮のリビングに、三人の美女がペニスを舐め回す音と、快感に喘ぐ幹久の声が響く。

今、ソファに座った幹久の股間には、前に跪いた帆奈美と静佳と伊織が顔を寄せて、ペニスを舐め合っていた。ちなみに、彼女たちはいつものように客が着用する浴衣の前をはだけて、胸を露わにしている。

今回の４Ｐは、静佳が明日チェックアウトするため、最後の思い出作りとしてすることになった。そこで、主賓《しゅひん》とも言える爆乳美女が、トリプルフェラで中央を陣取った次第である。

（うう……あれから、何度も４Ｐしているけど、三人がかりでチ×ポを舐められるのには、ちっとも慣れないや）

幹久は、脳を灼く心地よさに浸りながら、そんなことを思っていた。

あの夜以来、さすがに毎日ではないものの、夜にこの四人での情事をしている。そのときに毎回ではないが、こうして一本のペニスに三枚の舌が群がる行為を経験していた。それでも、こうされるたびに激しく興奮してしまう。

ちなみに、優子は帆奈美が家を抜け出しているのを察しているようだった。それでも、又従妹の話ではどうやら家でも特に注意はないらしいし、幹久にも「節度を守ってね」以上のことは言ってこない。

娘の気持ちを理解している母親としては、彼女がどこで何をしているかも分かった上で、黙認しているのだろう。もっとも、客の静佳と仲居の伊織までしばしば行為に混じっているとは、さすがに気付いてはいまいが。

「はあ、このオチ×チンとお別れするなんて、残念すぎるわぁ。ウチのマンション、ここより幹久くんが住んでいるアパートに近いしぃ、やっぱり戻ってからも会いに行っちゃおうかしらぁ？」

いったん舌を離して、静佳がそんなことを口にする。

実際、彼女の住居マンションの所在地は、K町よりも幹久が暮らしているアパートにずっと近く、電車を乗り継いで一時間ほどで着くところらしい。この程度なら、確かに交通費さえ無視すれば頻繁に通うこともできるだろう。

それに幹久自身、本物のセックスの快楽を知ってしまった自分が、孤独な指戯ではたして満足できるのか、という不安を抱いていた。正直、静佳が押しかけてきたら断りきれる自信はない。

「もう。静佳さん、そういうことはしないって約束ですよね？」

帆奈美が、舌を離して文句を言う。

「うふふ……冗談よぉ。帆奈美ちゃん、からかうと面白いんだものぉ」

と、爆乳美女が笑みを浮かべながらおっとり口調で言う。

静佳としては、いくら幹久を気に入ったと言っても、帆奈美から奪ってまで欲しいとは考えていないらしい。

「もっともぉ、二人の仲が悪くなったら、幹久くんをもらっちゃってもいい、とは思っているけどぉ」

「それは、あたしも同じね。帆奈美ちゃんと別れたら、あたしが幹久くんをもらいたいって思っているもの」

爆乳美女の言葉を受けて、伊織までがそんなことを口にした。

ほぼ一回りの年齢差があり、帆奈美の姉のような立場とはいえ、彼女も幹久とのセックスをすっかり気に入ってしまったようである。さすがに、二人を無理に別れさせるつもりはないようだが、もしもチャンスがあれば自分のモノにしたい、とは思っているらしい。

「もうっ、二人とも！　わたしと幹久くんが別れるなんて、絶対にないんだから！」

帆奈美が、ムキになってはそんな反論をする。

「ふふっ。わたしも、結婚したときは同じことを思っていたわぁ」

「あたしも、旦那と添い遂げると信じていたけど、あっさり死に別れちゃったし。人生、何があるかなんて分からないわよ？」

静佳と伊織が、感慨深そうに応じる。

さすがに、離婚経験者と未亡人の台詞《せりふ》に重みを感じたらしく、帆奈美は「うっ」と言葉に詰まってしまった。

「……むうっ。二人には、絶対に幹久くんを渡さないんだからっ。わたしが、幹久くんを守るんだからねっ。レロ、レロ……」

と、又従妹が再びペニスに舌を這わせだす。

すると、静佳と伊織も顔を見合わせ、苦笑いを浮かべてから奉仕を再開した。

彼女たちも、今は言い争っているよりも一刻も早く白濁のシャワーを浴びたい、と考えたのだろう。

そんな三人の美女のやり取りを、幹久は朦朧としたまま聞いていた。

(ああ……俺は、いったいどうしたらいいんだろう?)

帆奈美を好きなのは間違いないし、大学を卒業したあとにやりたいことがあるわけでもないので、卒業後に「美海亭」に就職し、満夫の跡を継いでオーナーになるための修行をする、という選択もあり得るだろう。

しかし、融通の利かない性格の自分に宿のオーナーが務まるか、という心配もあり、その未来を選ぶことに今の段階ではまだ迷いがあった。

いや、そもそも年単位先の未来を考えるよりも、東京に戻ってからのアルバイト探しという喫緊《きっきん》の問題もある。

いくらこの夏休みでそれなりに稼げたとはいえ、せいぜい数ヶ月分の生活費にしかならない。新しいアルバイト先を見つけるのは、帰京後の最優先課題なのだ。

ただ、既に帆奈美から「冬休みもバイトに来ない？」と誘われており、それは受けるつもりなので、東京でのアルバイトも時間の融通が利きやすいものにしなくてはなるまい。

とにかく、「美海亭」に来るまでお金のことだけ気にしていたが、今は帆奈美たちとの関係も含め、考えることがすっかり増えてしまった。おそらく、東京に戻っても思い悩む日々が続くだろう。

しかし、そんな思いとは裏腹に、熱心な奉仕によって幹久の腰のあたりには熱いものが自然に込み上げてきていた。

「先走りぃ。出そうなのねぇ？　早く濃いミルク、出してぇ。レロ、レロ……」

「あんっ。静佳さん、ズルイ。ピチャ、ピチャ……」

「もう、静佳さんも帆奈美ちゃんも、がっつきすぎ。ンロ、ンロ……」

と、三人がカウパー氏腺液を競うように舐め取ろうと、頬を寄せ合いながら熱心に舌を動かす。

そうして分身から送り込まれた鮮烈な性電気が、幹久の脳を灼く。

（ああ、ひとまず先のことはどうでもいいや。今は、静佳さんを含めた最後の４Ｐを堪能して……くうっ、もう出る！）

快感で朦朧としながらそんなことを思い、たちまち限界に達した幹久は、「ううっ」と呻くなり、彼女たちの顔をめがけて白濁液を発射した。

「はああっ！　精液、いっぱい出たぁぁ！」

「ああんっ！　濃いミルクぅ！」

「はううんっ！　ザーメン、いっぱぁい！」

帆奈美と静佳と伊織が悦びの声をあげ、恍惚とした表情を浮かべながら白濁のシャワーを顔に浴びる。

そんな三人の淫らな姿に、幹久は美女たちへの愛おしさと同時に、挿入への激しい欲望を覚えずにはいられなかった。


（了）

※本作品はフィクションです。作品内に登場する
団体、人物、地域等は実在のものとは関係ありません。

ゆうわく浴衣美女《ゆかたびじょ》
〈書き下ろし長編官能小説〉
2022年7月18日初版第一刷発行

著者 ……………………………………………河里一伸
デザイン ………………………………………小林厚二
発行人 …………………………………………後藤明信
発行所 ……………………………………株式会社竹書房
〒102-0075　東京都千代田区三番町8-1
三番町東急ビル6階
email: info@takeshobo.co.jp
竹書房ホームページ　http://www.takeshobo.co.jp
印刷所……………………………中央精版印刷株式会社

定価はカバーに表示してあります。
落丁・乱丁があった場合は、furyo@takeshobo.co.jp までメールにてお問い合わせください。